À Henri
je continuerai toujours à te parler au présent.
Pierre-Jean

LES TON
FLIN
l'album

Pierre-Jean Lancry

T  NS GUEURS

culte

MILAN

Préface

À eux

Il y a eu le film, il y a eu le gentil succès, il y a eu le miracle de la réussite qui traverse les années. Près de cinquante ans !

Il y avait les copains et eux ne sont plus là. Et ça c'est dur. Je ne peux pas penser au film sans penser à eux. C'est ça la vie. Belle saloperie. Dur à accepter. Si au moins on partait tous en même temps, quelle rigolade... Mais non... Bon, on pleure et puis après on se souvient... Quand même une consolation, le souvenir. Consolons-nous. Blier.

Ce fut lui le point de départ, grâce à lui j'ai fait mon premier film, puis le deuxième, puis le troisième, puis le cinquième !

Nous devenions une force, oh pas terrible ! mais quand même. Au passage, nous avions embarqué Francis Blanche et Robert Dalban.

Nous devenions plus forts, soudés par l'envie de faire, de dire, d'agir selon nos idées, et de rire, oui de rire ensemble, et de faire rire les autres. Tout était déjà dérision, autocritique, critique oui, mais par l'humour.

Alors il y a eu le choc de l'arrivée de Lino Ventura. C'était une force, un drôle de costaud, j'avais une de ces trouilles en le rencontrant... Après, qu'est-ce que j'ai pu l'aimer...

Alors ? Ajoutez-y le même goût pour la bonne bouffe... Tout était possible maintenant.

Il ne manquait plus que le ciment qui nous unirait : les mots. Michel Audiard : les mots qui nous permettaient d'exprimer cette dérision que je n'arrivais pas à sortir totalement de moi, et des autres. Je ne dis pas que Michel nous a appris à rire, non : Bernard Blier était déjà un bon professeur. Mais il nous a apporté une richesse, un luxe, un moyen de communiquer à travers non pas ses mots, mais sa pensée profonde.

Bref, il nous a appris à déconner en équipe. Cela a été un grand moment, un moment de grâce.

Après ? Il y eut la vie. Le boulot. La survie...

Oui, quel joli temps, quel beau moment, chacun avait sa force, sa spécialité. Moi en plus j'avais mon équipe. Maurice, le chef opérateur. Loulou, le cadreur. Michèle, ma monteuse. Claude, mon assistant. Caroline, ma femme, c'était elle qui avait le boulot le plus dur : me donner la force morale. Et puis il y avait Riton, le catcheur, cascadeur, ami, déjà depuis longtemps, qui m'apportait sa force physique, le pouvoir de faire des choses impossibles. Avec lui j'avais l'impression d'être protégé et je l'étais. Alors? Alors les autres, car il y en avait, se sont intégrés. Jean Lefebvre est monté dans notre train tout de suite. Venantino Venantini aussi, et il est toujours là, ami depuis cinquante ans! Enfin, Mireille Darc, elle, a attendu « Les Barbouzes ». Il nous fallait une héroïne, une belle, on l'a eue, mais qu'est-ce qu'elle a pu se faire chambrer! Ah, elle a dû la payer, son entrée!
Oui, mais aujourd'hui elle est toujours là, tendre, chaleureuse, exigeante, exceptionnelle. C'est fou, cette union dans le rire, dans l'humour, dans l'amitié. Merveilleuse, cette thérapie qui arrivait à faire de notre paresse une force, de notre mélancolie un rire...
Si on me demandait ce qu'il me reste de tout ça?...
Certes le succès, la réussite, mais surtout l'amour et je me marre, oui je me marre, mais les larmes plein les yeux.

Georges Lautner

Lautner (à gauche),
et une partie
de l'équipe du film.

Les Tontons Flingueurs

l'album culte

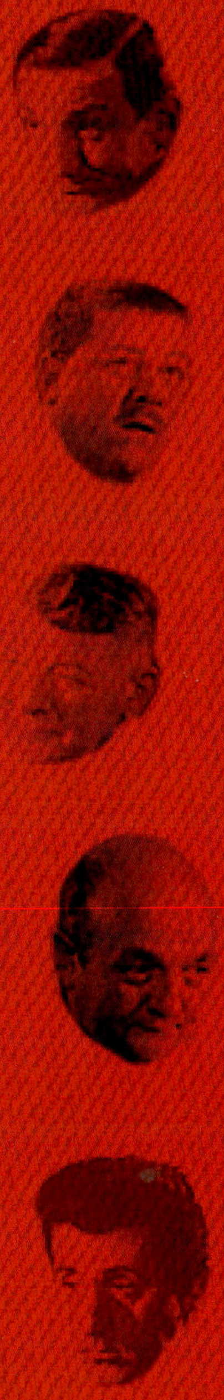

Sommaire

12 Quelques mots d'introduction

16 Un film culte

20 1963, l'année des Tontons

22 Si vous avez raté le début…

26 La famille

28 Des producteurs méfiants

30 Écrire à six mains

34 Georges, Michel…

36 … et les autres !

38 Le bourdon de Notre-Dame

40 Cibles humaines

42 [illegible]deur de champ

44 Les Tontons acteurs
46 Le haut de l'affiche
50 Une distribution germano-italo-française
54 Les seconds rôles
60 Silence, on tourne !
62 Aucune improvisation !
64 Scènes coupées
66 Fous rires sur le plateau
68 La beuverie au vitriol
72 La surprise-partie
74 Le premier spectateur
76 Bagarres et bourre-pifs
80 Un catcheur maître d'œuvre
82 Clins d'œil
86 Les voitures des Tontons
88 Les Tontons et leurs flingues
92 Pour en savoir plus...

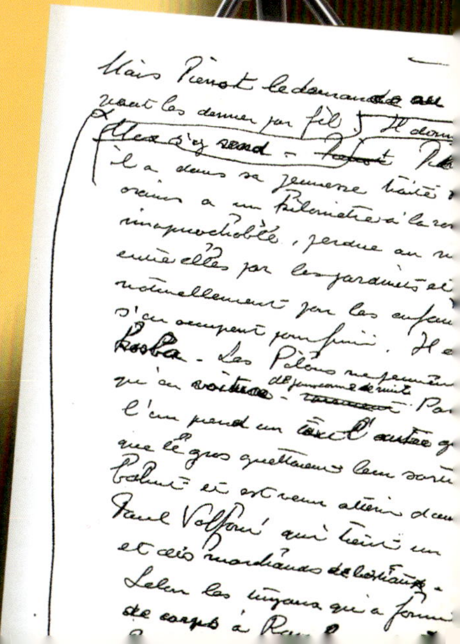

Quelques mots d'introduction

Si c'est pour disserter sur le rire, je ne suis là pour Bergson.

Francis Blanche

L'une des anecdotes qui me fait le plus chaud au cœur autour de ce film magique est la suivante : il y a quelques années, un des profs de ma fille, alors étudiante en licence de droit, mentionne en plein amphi *Les Tontons flingueurs*. Devant la surprise générale, cet homme, on ne peut plus sérieux, lance à ses étudiants interloqués : « Si vous n'avez jamais vu ce film, vous avez raté votre jeunesse ! »
« Raté votre jeunesse », disait le professeur de droit ! Notre jeunesse ! Souvenons-nous de la fameuse scène de la cuisine qui se termine par cet échange plein de nostalgie entre Lino Ventura (Fernand Naudin) et Bernard Blier (Raoul Volfoni) : « On causait de quoi ? » demande Ventura. « De notre jeunesse !… » répond Blier.

Et pour vous, *Les Tontons flingueurs*, cela rime avec quoi ? Jeunesse, enfance ou autre ? Replongez-vous dans l'année 1963, et plus particulièrement vers la fin novembre. C'est là que tout commence. Un matin de novembre 1963, Air Force One, l'avion présidentiel américain, dépose sur le tarmac de l'aéroport de Dallas le seul président américain qu'il ne ramènera pas vivant à Washington. Quelques heures plus tard, John F. Kennedy est abattu dans les rues texanes à bord de sa voiture décapotable. Je venais d'avoir huit ans et je me souviens que notre instituteur sanglotait le samedi matin en nous commentant cette triste nouvelle. Moins d'une semaine plus tard, la France va sécher ses larmes en découvrant un film exceptionnel, un chef-d'œuvre de film policier décalé, un monument de verve et de drôlerie : *Les Tontons flingueurs*.

Le film sort le 27 novembre 1963 à Paris dans quatre salles d'exclusivité *(Balzac, Helder, Scala, Vivienne)*, succédant à *La Foire aux cancres* de Louis Daquin avec Bourvil, Jean Poiret, Sophie Desmarets, Jean Carmet, Jean Rochefort, etc. Premier mythe autour des *Tontons*.
On a souvent dit que le film n'avait pas bien marché à sa sortie. C'est faux ! Au contraire, c'est un succès rapide et, aux dires mêmes de Lautner, inattendu.
Comment expliquer le succès de ce film ? Comment d'ailleurs expliquer le succès d'un film ? Dany Boon savait-il qu'il ferait un tel tabac avec *Bienvenue chez les Ch'tis* ? Pour les *Tontons*, risquons-nous à voir dans cette réussite la conjonction de plusieurs facteurs.

Le thème

Un ex-truand reconverti dans les tracteurs agricoles s'est engagé à la mort de son ami à veiller sur sa fille. On accepte instantanément ce milieu, d'autant plus qu'il y règne une atmosphère « familiale » à laquelle on n'est guère habitué. Les films policiers français jusqu'à cette date sont des films d'action, à l'instar des films noirs américains, ou des films policiers à forte charge psychologique ou émotionnelle – citons dans cette veine *Pépé le Moko* de Julien Duvivier (1936) avec Gabin dans le rôle-titre –, mais aucun n'est fondé sur le décalage et la parodie. Si important pour la dynamique du film, le décalage s'appuie sur l'existence d'oppositions nettement marquées : Montauban/Paris ; le milieu/l'honnête ; l'oncle rustique de la pampa/la nièce bourgeoise ; faux caïds/vrais branques, etc.

L'écriture du scénario

Il est vraiment le fruit d'une entente à trois : celle de Simonin, Audiard et Lautner. On retrouve dans le ton particulier du film la trace de l'expérience fusionnelle et jubilatoire des trois compères.

Les dialogues

Les Tontons flingueurs sont le premier film de Lautner dialogué par Audiard. Alors, magie de la première fois ? Ce qui est remarquable dans ces répliques, outre leur fraîcheur savoureuse, c'est le français utilisé, son vocabulaire coloré, ses images, cette impression qu'il sonne vrai.

La technique cinématographique

De nombreux films de cette époque, en pleine Nouvelle Vague, sont tournés en plans-séquences et rarement en gros plans. L'originalité de Lautner réside au contraire dans la mise en valeur des acteurs, de leur jeu et du texte grâce aux gros plans, Cette technique permet, comme le dit Lautner, de bien « voir » les dialogues.

Les acteurs

Le quatuor formidable d'acteurs, qui ne sont pas (encore) des vedettes adulées comme Gabin ou Fernandel mais que le public apprécie déjà beaucoup (Blanche, 19 films en 1963 ; Blier, 64 ; Lefebvre, 27 ; Ventura, 21), développe une structure de jeu terriblement efficace. Ventura ne rompt pas avec son image d'acteur sérieux alors que le trio Blanche, Blier, Lefebvre occupe son traditionnel registre comique. Mais ce sont avant tout les situations qui sont drôles et non pas les acteurs qui font les clowns.

LA CHARRUE SANS LES BŒUFS,
LE TENON SANS LA MORTAISE,
UNE NIÈCE SANS SON PETIT ONCLE !
BREF, [...] RIEN

La musique

Un thème musical de quatre notes seulement *(sol, mi, ré, do)* conçu par Michel Magne, joué sur tous les tons, tous les rythmes, avec ou sans instruments, du *yé-yé* dansé au chant nuptial *a cappella* en passant par le banjo qui accompagne claques et coups de poing.

Le titre

Pour reprendre l'expression amusante d'Albert Kantof, deuxième assistant réalisateur du film, c'est un titre *bourre-pif*. En fait, il n'était que provisoire, le titre devait être *Le Terminus des prétentieux*, finalement utilisé pour la réédition du polar d'Audiard *Priez pour elle*.

Mais tous ces éléments, sans Lautner, chef d'orchestre génial qui a su trouver le rythme et atteindre « *l'anti-accord absolu* », seraient, comme le dit Patricia à son oncle Fernand : « La charrue sans les bœufs, le tenon sans la mortaise, une nièce sans son petit oncle ! Bref, [...] rien ! »

Je suis parti à la découverte d'objets, photos ou autres, sans aucune garantie de réussite. J'allai à la recherche des gens et de leurs souvenirs. Je voulais tenter de capturer quelques moments passés, humer l'air des *Tontons* de 1963 et dévorer goulûment ce que la chance voudrait bien m'offrir. J'ai pris un plaisir fou dans cette aventure. La nouveauté de ce milieu si éloigné de mon environnement universitaire ou administratif ajoutait certes du piquant à l'entreprise. Mais ce n'est pas la seule raison du plaisir que j'ai pris. En fait, en terminant cet ouvrage, je comprends pourquoi *Les Tontons flingueurs* sont devenus un film culte. Quand on voit la gentillesse, la fraternité, la patience des héros de cette aventure, il ne pouvait pas en être autrement...

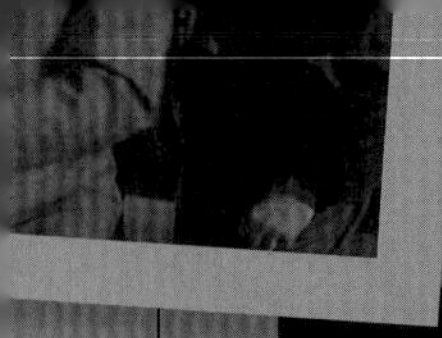

Un film

Les Tontons flingueurs sont devenus un film culte du cinéma français. Il n'est pas loin de fêter ses 50 ans. Beaucoup diront « sans une ride ». C'est normal, à 50 ans, on n'en a pas encore trop ! Mais revenons en arrière, le 27 novembre 1963, jour de sa sortie. Dès sa première semaine d'exclusivité parisienne, il fait près de 50 000 entrées. Au bout d'un mois et demi, il est dans les dix premiers films au box-office. Et à la fin de l'année 1963, il se situe en 4e place du palmarès, avec environ 453 000 entrées pour toutes les salles parisiennes, juste derrière *La Conquête de l'Ouest* (750 000 entrées), *Mélodie en sous-sol* (630 000), *La Grande Évasion* (463 000), et devant *Lawrence d'Arabie* (400 000).

Tous les publics sont conquis. Ce soutien populaire ne se démentira jamais et ira toujours croissant et, si vous tenez ce livre entre vos mains, vous en êtes bien la preuve. La quasi-totalité des critiques accueille très favorablement le film. Les commentaires sont bons, voire élogieux, que ce soit dans la presse généraliste ou dans les revues spécialisées. Même les quelques lignes de présentation du film par les *Cahiers du cinéma* sont plutôt encourageantes et sympathiques ! Pour *Le Journal du dimanche*, c'est le film le plus drôle de l'année et *Paris-Presse - L'Intransigeant* dira : « On perd deux heures sans ennui, ce sont donc deux heures de gagnées. » Voici quelques extraits de l'article du journal *Le Monde*, sous *la plume* de Jean de Baroncelli : « Ce qui est impardonnable chez un réalisateur, c'est l'hypocrisie, le double jeu, le goût du succès camouflant, sous une apparente ambition, le mépris du public. Georges Lautner n'est pas un hypocrite, il n'a jamais cherché à nous faire prendre des vessies pour des lanternes […]. Cinéma commercial, cinéma digestif : oui, bien sûr ! Film mineur : oui encore. Comme un vaudevilliste de théâtre, Georges Lautner ne joue que

Toute correspondance : B.P. 295-08 PARIS-8e
Téléphone
Administration : ELYsées 12-11, 12-50
Rédaction et Publicité BABylone 25-37
Adresse Télégraphique : FILMPRES-PARIS

Le FILM FRANÇAIS

HEBDOMADAIRE D'INFORMATIONS CINÉMATOGRAPHIQUES
Directeur général : J.-P. MAUCLAIRE – Directeur : Maurice BESSY
Rédacteur en Chef : Pierre AUTRÉ
Administrateur Général de la Publicité : Edouard DROUTH
21e ANNÉE – No 1053 – 24 JUILLET 1964 – Tous les Vendredis, le No : 2 F

ABONNEMENTS 52 Nos
France et Communauté : 60 F
Etranger : 100 F
Règlements :
C.C.P. Paris 4254-49
Ch. Banc. ou Mandat C
Versements à nos guichets pour abonnements
Renseignements - Ventes Nos
40, Rue du Cherche-Midi
BAB. 25-37

BILAN DE LA SAISON CINÉMATOGRAPHIQUE 1963-64

III. Exploitation de Première Exclusivité Paris

117 FILMS ONT DÉPASSÉ 50.000 ENTRÉES

DONT 53 DE PLUS DE 100.000 ENTRÉES

EN TÊTE

"L'HOMME DE RIO" : **591.447** entrées (au 14 juillet)
"LA GRANDE ÉVASION" : **546.357** entrées
"LES TONTONS FLINGUEURS" : **470.935** entrées
"100.000 DOLLARS AU SOLEIL" : **416.618** entrées (au 14 juillet)

APRES la publication, dans nos deux précédents numéros, du bilan numérique de la production et de la distribution en France pour la saison cinématographique 1963/64, nous donnons aujourd'hui le tableau d'ensemble des résultats d'exploitation de première exclusivité à Paris concernant les films sortis depuis le 16 août 1963 et ayant totalisé au 16 juillet 1964 plus de 50.000 entrées.

On trouvera plus loin le détail des 117 films qui, au 16 juillet, avaient dépassé 50.000 entrées dans les salles parisiennes de première exclusivité. Précisons que sur ces 117 films, 13 n'y avaient pas encore terminé leur carrière : il s'agit donc pour eux de résultats provisoires. Cependant, il est déjà possible, d'après les documents que nous avons réunis, de concrétiser les tendances qui ont marqué l'exploitation de première exclusivité au cours de la saison 1963/64, et aussi d'en comparer les résultats avec ceux des précédentes saisons.

Une remarquable stabilité

Comme le tableau-statistique ci-contre le

n culte

de la situation et du dialogue. C'est aller à la facilité et condamner le film à n'être qu'un simple divertissement. Du moins utilise-t-il ces deux éléments en connaissance de cause. Et avec un brio qui ne cède ni à la bassesse ni à la vulgarité. » *Le Canard enchaîné* consacre l'essentiel de sa rubrique « Cinéma » aux *Tontons*. L'article de Michel Duran intitulé « *Les Tontons flingueurs* ne volent pas les spectateurs » est très flatteur pour le film : « *Les Tontons flingueurs* n'est pas un super-film au budget ébouriffant, il n'apporte aucun message, mais il vous livre une provision de rire, qui, servie dans votre fauteuil, vous délivrera de l'angoisse de vivre (chère à notre époque) pendant deux heures garanties. » « Agréable divertissement » : c'est le titre de l'article de *Télérama* signé par Jacques Siclier : « C'est une amusante parodie des films de série noire, inspirée d'un roman d'Albert Simonin. C'est aussi une parodie de Michel Audiard par lui-même car celui-ci a écrit un de ces dialogues percutants dont il a le secret (commercial) en accentuant volontairement ses défauts et ses excès. Ce dialogue contribue à donner au film un ton d'humour au second degré mais, en même

Les Volfoni travaillent.

Un conseil d'administration en pleine crise.

Raoul Volfoni distribue ses cachous.

temps, il coupe un peu les ailes au réalisateur [...]. On trouve ici de gros effets apportés par Audiard mais rien de bas : Lautner a du goût, n'appuie pas sur les situations et sait remarquablement diriger ses acteurs. Cette série noire pas sérieuse a la bonne santé, la force comique du vaudeville. »

Mais il y a le fameux article d'Henri Chapier dans *Combat*. N'oublions pas qu'en 1963, nous sommes en pleine Nouvelle Vague et que l'opposition entre cinéma d'auteur et cinéma commercial donne lieu à des règlements de comptes dignes de l'attaque de la villa du Mexicain par la bande à Théo. La seule différence : c'est loin d'être silencieux... Voici des extraits de cet article intitulé « *Les Tontons flingueurs*, de Georges Lautner », avec deux intertitres « Un cinéma de chansonnier » et « Sauvé de l'enfer par deux gags » : « Nous autres [...] avons subi pendant presque deux heures cet assaut de complaisances, cette vulgarité habilement dissimulée [...]. Sur la pénurie de femmes de ménage dont souffre cette rêveuse bourgeoisie qui se pâme devant le film de Lautner : *Le mirage africain nous porte un tort considérable. Elles iront bientôt toutes à Tombouctou. À la nage*... Pour se faire pardonner une inexplicable soumission au texte, Georges Lautner se souvient de temps à autre qu'il est metteur en scène, ce qui nous vaut tout de même deux gags, et aussi un finale assez insolite, dont le clou est une cérémonie de mariage sur un rythme *yé-yé*. Si les jeunes gens de vingt à trente ans ne se ruent pas vers les salles qui projettent encore *Le Feu follet* (Louis Malle), *Le Monde d'Apu* (Satyajit Ray) [...] et bien entendu *Muriel* (Alain Resnais), alors ce sera irrémédiablement le triomphe des *Tontons flingueurs*. »

Limitons-nous aux faits. Bien entendu, Henri Chapier est tout à fait libre de ne pas aimer les *Tontons*. Mais a-t-il réellement vu le film ? Comment peut-il parler de « la pénurie de femmes de ménage dont souffre cette rêveuse bourgeoisie qui se pâme devant le film de Lautner : *Le mirage africain nous porte un tort considérable. Elles iront bientôt toutes à Tombouctou. À la nage*... » ? La réplique sur le mirage africain est faite par Madame Mado, la patronne de la maison des filles, à l'occasion du conseil d'administration sur la péniche, et se réfère au manque de pensionnaires pour sa maison, c'est-à-dire au manque de

Jean, le majordome, veille au grain.

prostituées pour son bordel. Il n'y a aucune ambiguïté possible pour quiconque voit cette scène. « Le clou est une cérémonie de mariage sur un rythme *yé-yé* », dit Chapier. On a beau voir et revoir la cérémonie du mariage, il n'y a pas de rythme *yé-yé* dans cette cérémonie. Michel Magne, l'auteur de la musique du film, a une nouvelle fois présenté le thème musical (les fameuses quatre notes de la sonate de Corelli) sous une autre forme mais tout à fait adaptée à la solennité de l'événement.

La polémique ne s'arrête pas là. Quelques jours après son premier article, Henri Chapier revient à la charge en réponse à un lecteur : « Notre lecteur, qui veut la fin des croisades, estime-t-il que le réveil de l'opinion se fera spontanément, alors que, chaque jour, on *l'intoxique*, on le conditionne davantage ? » La virulence de la polémique ne peut se comprendre que si on se replace dans le contexte de l'époque où les uns et les autres avaient besoin d'affirmer clairement leurs positions en gagnant chaque pouce de territoire possible. Aujourd'hui cela prête sans doute à sourire car, après tout, on peut tout à la fois aimer Resnais et Lautner sans avoir l'impression de trahir « son âme et sa conscience »... ■

En attendant l'arrivée de l'oncle Fernand.

Ça alors ?!

Cinéma

"Les Tontons flingueurs" ne volent pas les spectateurs

AU moment où le nouveau film réalisé par Vadim s'effondre lamentablement dès la première semaine (coût : 600 millions, recettes minables), où Cléopatatrac traîne de même une exclusivité fréquentée par les intimes, où le dernier Fernandel-Dagobert disparaît de l'affiche aussitôt sorti et apparaît comme une sacrée culotte, où tant de films annoncés au son des trompettes de la fausse renommée se révèlent comme des navets non comestibles, il est réconfortant de voir un film qui ne trompe pas son monde, qui donne au public le plaisir qu'il est venu chercher, aux auteurs la récompense des rires qu'ils ont voulu, aux producteurs un encouragement à continuer dans cette voie, loin du snobisme et de la bêtise.

"Les Tontons flingueurs" n'est pas un super film au budget ébouriffant, il n'apporte aucun message, mais il vous livre une provision de rire, qui, servie dans votre fauteuil, vous délivrera de l'angoisse de vivre (chère à notre époque) pendant deux heures garanties.

C'est une désopilante farce, une histoire de truands à vous faire éclater la rate, une série noire imaginée par deux joyeux compères, bien connus des gens sains d'esprit : Albert Simonin, auteur du "Grisby or not grisby" dont le film est tiré et Michel Audiard, le dialoguiste vedette de notre cinéma.

A eux deux, ils nous ont mijoté un festin de joie, où les cadavres, en s'amoncelant, accumulent les éclats de rire, où chaque coup de poing est un effet comique, où chaque réplique déchaîne l'hilarité.

Le film est-il donc un chef-d'œuvre de perfection ? Bien sûr que non. Il y a quelques moments faibles, mais ce n'est pas la faute des auteurs. Accusons plutôt les producteurs qui ont eu la fâcheuse idée d'engager des acteurs étrangers pour des raisons de coproduction. Nous voyons alors un acteur allemand mâchouiller des répliques en or, une jeune Allemande insipide qu'il a fallu doubler, un Italien (beau gosse, d'ailleurs) ralentir l'action et qui heureusement est bien doublé. Mais ce sont là des défauts mineurs, qui disparaissent dans le tourbillon de drôleries diverses que Michel Audiard et Albert Simonin nous distribuent avec générosité. Et si le son laisse à désirer, la réalisation de Georges Lautner a du mouvement.

C'est joué à la perfection par Lino Ventura, le truand retiré des affaires qui vient reprendre du service par fidélité à un pote, Bernard Blier, truand minable et son associé Jean Lefèvre, merveilleux mime, Francis Blanche, truand prudent et disert, Claude Rich... mais toute la distribution française est à louer, comme le film sera loué par tous les directeurs de salle, comme les places seront louées là ou cela se fait encore...

Il y a des moments particulièrement réussis comme la réunion des truands dans la cuisine, la demande en mariage pendant la fusillade au "silencieux". Je vous recommande également le gag final.

Je vous recommande tout le film, c'est plus simple.

Michel Duran.

P.S. *Avec ce film "tonitruand", passe une charmante petite bande "Eve sans trêve" dont l'auteur et principal interprète est Philippe Avron. Retenez ce nom, c'est celui d'un acteur plein de finesse et d'avenir.*

LES FILMS QU'ON PEUT VOIR A LA RIGUEUR CETTE SEMAINE

L'APPARTEMENT DES FILLES

Elles sont trois hôtesses de l'air à occuper un appartement. Deux ont déjà un homme dans leur vie, et la troisième ramène un soir un séduisant trafiquant d'or, qui veut se servir d'elles. L'histoire est farfelue, légère, mais tirée par les cheveux. La première partie, à force de vouloir être primesautière, est un peu maniérée. A force de vouloir être désinvolte, sans façons, aimable et fantaisiste, elle devient puérile, un peu laborieuse et s'essouffle. Etais-je dans un mauvais jour ? Je me retenais de bâiller devant ces filles qui voulaient absolument me faire rire. Heureusement la seconde partie est mieux réussie, l'idylle entre Mylène Demongeot et Sami Frey est traitée joliment, bien que celui-ci ne me semble pas être l'interprète idéal pour les comédies légères.

Bref, Jean Deville et Nina Companeez, le réalisateur et la scénariste, n'ont pas trouvé cette fois-ci la réussite, l'état de grâce de leur dernier film "A cause, a cause d'une femme".

LES ENFANTS DU CAPITAINE GRANT

Walt Disney travaille pour les enfants, les pré yé-yé. Avec le déluge démographique, ça lui fait une grosse clientèle. Voici donc le roman de Jules Verne raconté en images animées, tournées presque complètement en studio. Les enfants du capitaine partent à la recherche de leur père à travers le monde. Ils traversent une belle Cordillère des Andes en carton pâte, et puis les océans sur

1963 l'année

En 1963, de Gaulle est aux affaires depuis cinq ans. Nous sommes quasiment au milieu des Trente Glorieuses, ces trente années économiquement fastes de l'après-guerre. Le spectre de la conscription en Algérie éloigné, la jeunesse française peut redevenir insouciante… en attendant Mai 68. Cette brève chronologie tente de rendre compte d'une atmosphère dans laquelle l'aventure des *Tontons* vient camper.

1er janvier – À partir de cette date, il ne faut plus parler de « nouveau franc » mais de franc. Le « nouveau franc », créé le 27/12/58, a été mis en circulation le 1/1/60.

2 janvier – Trois premiers soldats américains meurent au Vietnam. La guerre durera douze ans jusqu'à la chute de Saigon en 1975 et fera plus de 2 millions de morts vietnamiens et 50 000 morts américains.

14 janvier – Le général de Gaulle refuse l'idée de Kennedy d'une force multinationale sous direction américaine et s'oppose à l'entrée de la Grande-Bretagne dans le Marché commun.

21 février – L'URSS prévient les États-Unis qu'une agression contre Cuba déclencherait la Troisième Guerre mondiale.

1er mars – Grève totale des 200 000 mineurs de fond de Lorraine et du Nord. La Lorraine reprend le travail le 31 mars et le Nord le 5 avril. Les mineurs ont obtenu 11 % d'augmentation.

4 mars – Condamnation à mort des six conjurés du Petit-Clamart (attentat manqué contre le général de Gaulle le 22 août 1962). Seul Jean-Marie Bastien-Thiry, l'instigateur, sera fusillé au fort d'Ivry le 11 mars. C'est la dernière exécution politique en France.

22 mars – Quatre jeunes Anglais de Liverpool sortent leur premier album : *Please, please me*. Ils ont un drôle de nom : les Beatles.

15 juin – Carrefour ouvre son premier hypermarché à Sainte-Geneviève-des-Bois.

des Tontons

22 juin – L'émission de radio *Salut les copains* organise place de la Nation le plus grand concert *yé-yé* du moment. Plus de 150 000 jeunes y assistent.
27 juin – Kennedy est acclamé à Berlin-Ouest et lance un vibrant appel à la réunification de l'Allemagne : *Ich bin ein Berliner*.
1er juillet – Relèvement de 4,2 % du SMIG (salaire minimum interprofessionnel garanti) qui passe de 1,806 franc par heure à 1,882.
8 août – Hold-up du siècle : attaque du train postal Glasgow-Londres par la bande de Ronald Biggs, surnommé le Cerveau (120 sacs contenant 30 millions de francs).
28 août – Près de 300 000 personnes marchent contre le racisme à Washington. Martin Luther King prononce son fameux discours qui débute par *I have a dream*.
1er septembre – Georges Dorme entre à la caisse primaire de sécurité sociale de Mâcon.
8 septembre – Jim Clark est sacré champion du monde de formule 1 sur sa Lotus.

11 octobre – Édith Piaf et Jean Cocteau meurent le même jour.
3 novembre – Première diffusion du feuilleton télévisé *Thierry la Fronde* avec Jean-Claude Drouot (52 épisodes de 25 min de 1963 à 1966).
5 novembre – Jacques Lanzmann publie le premier numéro du mensuel pour hommes *Lui*.
22 novembre – Assassinat à 12 h 30 à Dallas de John Fitzgerald Kennedy.
27 novembre – Sortie à Paris du film de Georges Lautner : *Les Tontons flingueurs*.
14 décembre – Inauguration de la Maison de la Radio (64 studios).
17 décembre – Ouverture du mur de Berlin jusqu'au 5 janvier 1964, pour les Berlinois de l'Ouest, afin de voir leurs parents à l'Est.
21 décembre – Début officiel de la 2e chaîne de télévision en noir et blanc sur 625 lignes (4 millions de familles, soit 27 % des foyers, sont équipées d'un poste de télévision).

Si vous avez raté le début...

1 Lorsque, par un beau jour de 1963, Fernand Naudin, entrepreneur de tracteurs agricoles à Montauban, reçoit ce télégramme énigmatique : « Louis de retour, présence indispensable », il est à mille lieues de savoir ce qui l'attend. 800 kilomètres plus tard, il va découvrir que son vieux pote Louis, dit le Mexicain, après quinze années d'interdiction de séjour sur le territoire national, est revenu en France pour y mourir, avec deux dernières volontés : se faire enterrer auprès de ses parents à Pantin, confier l'éducation et l'avenir de sa fille Patricia à Fernand.

2 Avant de passer l'arme à gauche, le Mexicain annonce lui-même aux cadres de son équipe appelés à son chevet que Fernand devient le nouveau taulier. Visiblement, ce n'est pas du goût des frères Raoul et Paul Volfoni, spécialistes du jeu et de la flambe, à qui le Mexicain avait promis de réserver la succession. On perçoit également un esprit insidieux de rébellion chez Théo, *l'ami Fritz*, le responsable allemand de la distillerie clandestine, aux amitiés particulières...

3 À peine l'âme du Mexicain s'est-elle élevée vers les cieux éternels que la fronde s'organise. Paul Volfoni tente l'intimidation et promet à Fernand des lendemains pénibles, des cauchemars, des ***nervous breakdowns*** (bien prononcer ***nerrvousse brèque-daunes***). En pleine discussion avec les Volfoni, Fernand apprend qu'il y a du grabuge chez Tomate, le gérant de *La Petite Ferme*, l'une des salles de jeu clandestines. Il s'y rend accompagné de Pascal, l'ancien garde du corps du Mexicain, et échappe de justesse à une embuscade. Arrivés à *La Petite Ferme*, Fernand et Pascal découvrent l'endroit très calme, sans problème particulier.

4 Fernand comprend alors qu'il est embarqué dans une drôle de salade et que son retour rapide à Montauban risque d'être compromis. Il s'installe dans la demeure du Mexicain. Celui-ci avait anticipé sa mort et, tout en cachant la vérité sur sa maladie, prévenu sa fille Patricia de l'arrivée du tonton Fernand. La première rencontre entre l'oncle Fernand et la nièce Patricia se passe à merveille et Fernand a bien l'intention de prendre son éducation en main.

5 Mais la révolte gronde du côté des cadres orphelins du Mexicain. Fernand, Pascal et maître Folace, le notaire du Mexicain, font une tournée d'inspection. Ça tombe bien, tout le monde est réuni sur la péniche des Volfoni où un vent de fronde est perceptible.

5

6

6 Fernand règle (provisoirement) cette affaire par la négociation et quelques coups de poing bien placés. À peine Fernand est-il rentré chez lui que Raoul lui téléphone et lui signale un problème à la distillerie clandestine. En fait de problème, il s'agit d'une livraison de six briques de pastis contrefait. Fernand décide d'assurer lui-même la livraison. Quelle erreur ! Traquenard, guet-apens, mitraillage du camion, incendie, et le toutim. Il s'en sort tant bien que mal et, pensant que le coup vient des Volfoni, se rend illico dans leur péniche. Après avoir corrigé comme il se doit Raoul, il récupère neuf briques (six pour le pastis et trois pour le camion) dans le coffre des frères Volfoni et rentre enfin se reposer chez lui. Mais la maison est pleine de jeunes qui dansent et qui boivent pendant que les vieux tartinent des canapés en cuisine. Les Volfoni arrivent dans cette ambiance festive, décidés à en découdre avec Fernand.

7 Tout le monde se réconcilie dans la cuisine autour d'un verre de « brutal » (la vérité m'oblige à dire plusieurs verres). Mais la soirée se termine mal. Fernand, maître Folace, Raoul Volfoni, Paul Volfoni et Jean mettent les jeunes dehors, au désespoir de Patricia.
Le lendemain, Patricia décide de s'enfuir. Fernand retrouve sa trace et va la rejoindre dans l'appartement d'Antoine où elle lui annonce son intention de se marier. Fernand, homme de bon sens, lui demande d'attendre au moins de connaître la famille. En fait, seul le père d'Antoine, Alphonse-Amédée Delafoy, est encore en vie, et cet homme original, qui collectionne « les pendules et les contraventions, les déceptions sentimentales et les décorations », vient de se faire nommer vice-président du Fonds monétaire international...

7

8 Tout va donc pour le mieux. Fernand et les frères Volfoni se sont réconciliés. Antoine et Patricia vont se marier. Le lendemain matin, Fernand se fait réveiller par des vœux de bonheur et de nombreux cadeaux. Même les Volfoni ont pensé à son anniversaire. Mais ce qui devait être une montre… est en fait une bombe ! Nouvelle visite sur la péniche Volfoni, nouvelle correction donnée par Fernand à Raoul. Raoul ne comprend vraiment rien car, effectivement, il n'est à l'origine d'aucun des sales coups. N'en pouvant plus, les Volfoni décident de se venger de Fernand.

8

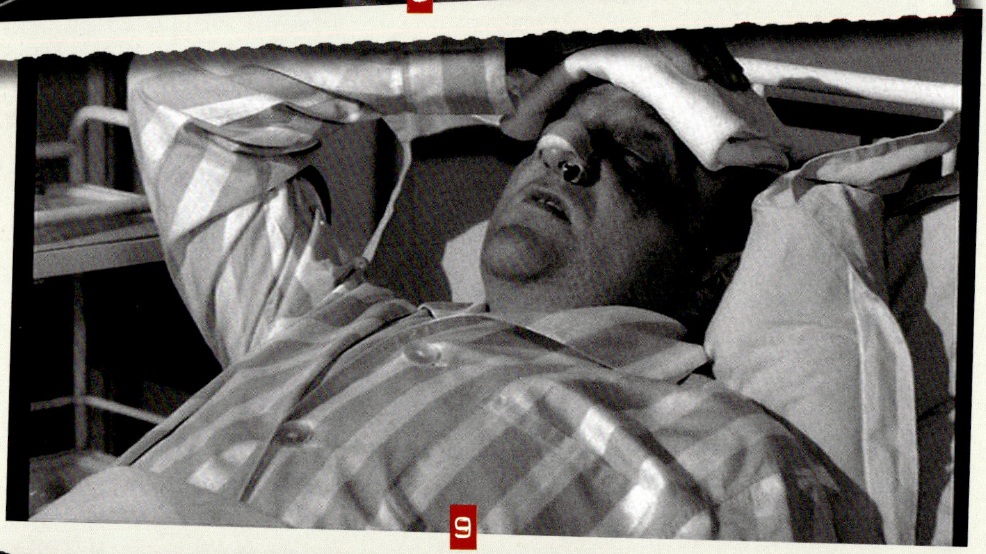

9

9 Ils viennent la nuit et tentent de poser leur bombe dans le moteur de la voiture de Fernand. Mal leur en prend. Raoul se retrouve à l'hôpital, en piteux état. Pascal et Bastien, certains que les frères Volfoni n'ont rien à voir avec ces tentatives d'assassinat, proposent à Fernand d'enquêter sur Théo. Démasqué, Théo décide d'attaquer par surprise la demeure du Mexicain.

10 Échange de coups de feu dans le parc au moment même où le vice-président, Alphonse-Amédée Delafoy, vient faire officiellement la demande de la main de Patricia pour son fils Antoine. Devant la résistance qu'ils rencontrent, Théo et sa bande envisagent un repli stratégique.

10

11

11 Les préparatifs du mariage battent leur plein quand Fernand apprend que Théo et sa bande sont en train de démonter la distillerie clandestine. Fernand, Pascal et Bastien se rendent à la distillerie et donnent l'assaut final. Théo arrive à s'échapper. Fernand ne peut le poursuivre de peur d'arriver en retard à l'église.

12

12 Pendant la cérémonie du mariage, Théo guette dehors, mitraillette au poing. Pascal et Bastien mettent un terme explosif à l'aventure de l'ami Théo avant de se signer et de rejoindre les mariés devant l'autel.

La famille

8e film de Georges Lautner
d'après le roman d'Albert Simonin

	Grisbi or not grisbi (Gallimard, « Série noire » n° 260, 1955)
adaptation	Albert Simonin
dialogues	Michel Audiard
1er assistant réalisateur	Claude Vital
2e assistant réalisateur	Albert Kantof
script-girl	Françoise Hellmann
directeur des productions Gaumont	Robert Sussfeld
directeur de production du film	Irénée Leriche
administrateur des productions Gaumont	Guy Azzi
régisseur général	Mireille de Tissot
directeur de la photographie	Maurice Fellous
cameraman	Georges Pastier
1er assistant opérateur	Yves Rodallec
photographe de plateau	Jean-Louis Castelli
décors	Jean Mandaroux assisté de Jacques d'Ovidio
montage	Michelle David assistée de Gina Pignier
musique	Michel Magne
son	Antoine Archimbaud assisté de Daniel Brisseau
ensemblier	Robert Turlure
coproduction	Gaumont (Paris) Corona Filmproduktion (Munich) Ultra Films (Rome)
producteur délégué	Alain Poiré
Visa de censure	n° 884

Titre italien	*In famiglia si spara*
Titre allemand	*Mein Onkel, der Gangster*
Titre anglais	*Monsieur Gangster* (États-Unis) *Crooks in Clover* (Royaume-Uni)
Titre espagnol	*Gangster a la fuerza*

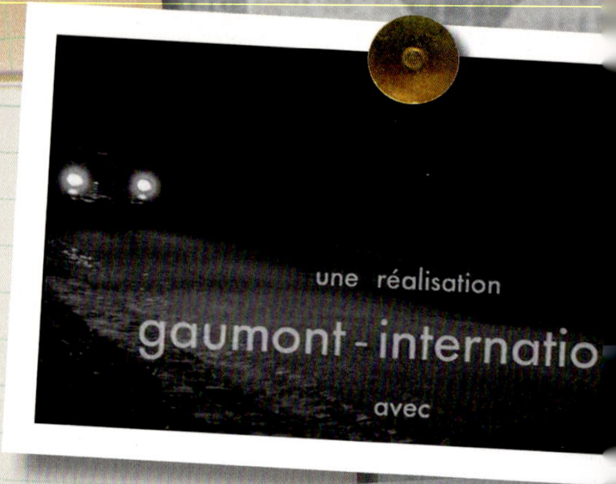

dialogue de
michel audiard
direction
production
robert sussfeld - irénée leriche
régisseur général.....mireille de tissot
directeur de la photographie
maurice fellous
cameraman...georges pastier
du son
antoine archimbaud
assisté de...daniel brisseau
enregistrement poste parisien
1er assistant réalisateur.........claude vital
2e assistant réalisateur......albert kantoff
décors de
jean mandarou
assisté de...jacques d'ovidio
chef-monteur
michelle david
assistante...gina pignier
producteur délégué
alain poiré
GAUMON

Des producteurs méfiants

Nous sommes en 1962, Georges Lautner vient de sortir Le *Septième Juré* et *L'Œil du monocle* quand Alain Poiré, le patron de la Gaumont International, lui propose la réalisation d'un nouveau film. Pour Georges Lautner, metteur en scène prometteur certes mais encore en début de carrière, travailler avec la Gaumont est une nouvelle étape et traduit une reconnaissance certaine du milieu cinématographique. Ses sept premiers films ont été des films à petit budget. Là, il ne va plus jouer dans la même cour.

Le film proposé est un film policier adapté du livre d'Albert Simonin : *Grisbi or not grisbi*. La Gaumont a une idée précise du film. C'est Gabin qui doit tenir le rôle de Fernand Naudin. Le problème est que Gabin veut imposer son équipe technique. Lautner refuse et souhaite au contraire travailler avec sa propre équipe. Personne ne veut céder. Le projet traîne, et un beau jour Gabin envoie tout promener. Lautner est alors recontacté. Le tout jeune réalisateur a obtenu gain de cause, soutenu en cela par Alain Poiré. Au sein de la Gaumont International, Alain Poiré, le directeur, encouragera toujours Lautner.

La Gaumont a accepté bon gré mal gré l'embauche de l'équipe technique de Georges Lautner. Mais les producteurs souhaitent imposer un monteur maison. Or Georges veut travailler avec Michelle David et personne d'autre. Leur première collaboration s'est faite autour du court-métrage de Georges *Madagascar, France australe* et s'est poursuivie sur tous ses longs-métrages. Gaumont ne souhaite pas engager une femme monteuse. Qui plus est, Michelle David a comme assistant monteur… une autre femme, Gina Pignier. La production finit par céder… mais impose à Lautner un contrat plutôt curieux dans lequel il s'engage à payer sur ses propres deniers tout dépassement lié au retard du film. On voit que le climat n'est pas vraiment à la confiance, ni particulièrement serein.

Une autre anecdote illustre bien l'ambiance qui règne entre la production et l'équipe de tournage. Cela se passe dans la voiture de la production. À l'arrière, Georges Lautner, Claude Vital (le premier assistant réalisateur) et Maurice Fellous (le directeur de la photographie). À l'avant, Robert Sussfeld (directeur des productions Gaumont) et Irénée Leriche (directeur de production du film). Ils partent dénicher la résidence du Mexicain où l'oncle Fernand va résider. Sussfeld met la clé de contact et dit :

« Vous savez, il n'y a aucun tournage sur Paris. Nous pouvons entreprendre ce triste film à la condition que ce soit avec de très sérieuses économies. Sinon ce serait peut-être plus simple de ne pas le faire car il vaut mieux perdre 100 millions tout de suite plutôt que d'en perdre beaucoup plus après le tournage, avec un scénario pareil ! »

Encore une marque de défiance : pour limiter les risques financiers, la Gaumont monte une coproduction franco-germano-italienne. Plusieurs acteurs sont ainsi proposés ou imposés par les deux coproducteurs. Du côté allemand : Sabine Sinjen (Patricia), Horst Frank (Théo), Charles Régnier (Tomate). Du côté italien : Venantino Venantini (Pascal) et Mac Ronay (Bastien), célèbre vedette de music-hall et très apprécié en Italie.

L'affiche allemande : *Mon oncle le gangster.*

L'affiche italienne : *On s'entretue en famille.*

Écrire à six mains

Les *Tontons* sont adaptés du livre d'Albert Simonin : *Grisbi or not grisbi*. En fait, ce qui devait être une adaptation pure et simple devient une ré-écriture. La partition sera jouée à six mains par Lautner, Audiard, Simonin et pas n'importe où, puisque le travail est en partie élaboré au *Trianon Palace* de Versailles ! Voici en quelques mots, la trame du livre *Grisbi or not grisbi*. On se fait ainsi une idée sur les ressemblances entre le livre de Simonin et le film de Lautner. On voit que la trame du scénario est proche de celle du livre. La plupart des personnages existent déjà. Certains ont même conservé leur nom. Mais Lautner, Audiard et Simonin vont en faire une histoire parodique, soutenue par des dialogues colorés et percutants.

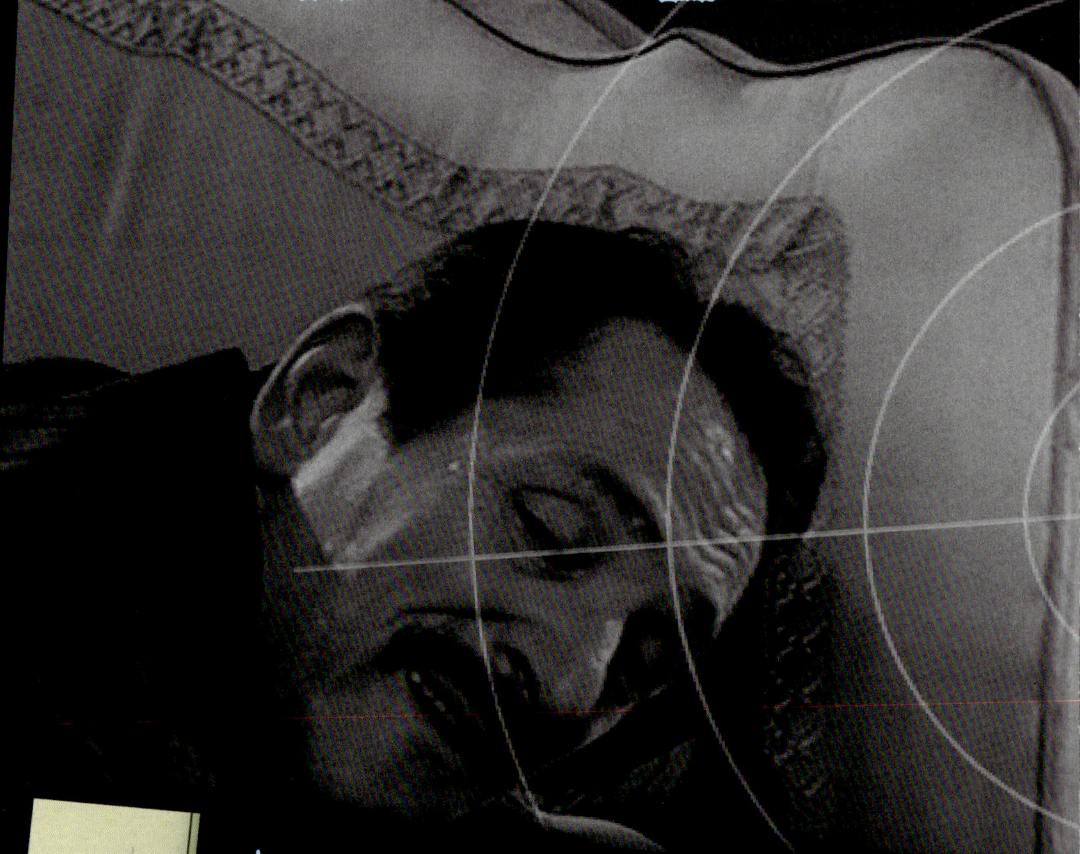

Le résumé du livre

Nous sommes dans le monde des truands et des caves. Fernand le Mexicain, l'un des grands du milieu parisien, va bientôt mourir. Il appelle à son chevet Max et Pierrot, dit le Gros. Max va rouler 800 kilomètres dans la nuit, en réponse à l'urgence qu'il perçoit à la lecture du télégramme énigmatique reçu quelques heures plus tôt. Sitôt arrivé à destination, Max est introduit dans la chambre du Mexicain, très affaibli. Ce dernier demande à Max et à Pierrot, les deux seuls amis sur qui il peut vraiment compter, de s'occuper, après sa mort, de ses tripots (la roulette de la rue de Courcelles et la salle de jeu de la péniche) et d'assurer une rente à Loulou, sa compagne (un tiers pour eux et deux tiers pour Loulou). Cela ne fait pas l'affaire de deux autres caïds, les frères Raoul et Paul Volfoni à qui le Mexicain avait promis d'en parler en premier. Maître Hubert, le notaire du Mexicain, est là pour entendre les dernières volontés de Fernand...

Le résumé (suite)

… Dès la mort du Mexicain, les relations se gâtent entre les Volfoni et les deux héritiers désignés. Raoul propose de racheter les salles de jeu, mais Max et le Gros refusent. « Tant pis… on aurait pu s'arranger gentiment », répondent les Volfoni.
Au moment même de leur refus, Henri prévient Max qu'il y a du grabuge dans les salles de jeu. En allant constater sur place, Max retrouve un vieux copain d'enfance, Tomate. Max est accompagné dans ses déplacements par l'ancien garde du corps du Mexicain, Pascal, un tireur de tout premier plan. Mais très vite, Pascal annonce à Max qu'il doit le quitter. En effet, son cousin Tonio est « première gâchette chez les Volfoni ». Tonio et Pascal risqueraient de se trouver face à face, un flingue à la main. Embrouilles et règlements de comptes en perspective dans une ambiance d'histoire policière plutôt noire…

Avec *Les Tontons flingueurs*, c'est la première fois qu'Audiard écrit des dialogues pour un film de Lautner, même si ce n'est pas la première fois que Lautner, Simonin et Audiard sont réunis. En 1956, pour le film *Courte-Tête* de Norbert Carbonnaux, le scénario était signé Simonin, les dialogues Audiard et le premier assistant réalisateur était Lautner. Audiard et Simonin avaient également travaillé ensemble pour *Le Cave se rebiffe* (mis en scène par Gilles Grangier, 1961) et *Le Gentleman d'Epsom* (Gilles Grangier, 1962).
Dans les deux cas, Simonin signe le scénario, Audiard les dialogues, et l'adaptation est commune (Simonin, Audiard, Grangier).

LE TRAVAIL SUR LE TEXTE ET LE VOCABULAIRE SONT TRÈS DIFFÉRENTS CHEZ SIMONIN ET AUDIARD.

Simonin, l'ancien chauffeur de taxi, l'autodidacte, est un spécialiste de l'argot. Son dictionnaire *Le Petit Simonin illustré* en témoigne et ses romans policiers sont véritablement construits autour de l'argot. Dans sa préface à *Touchez pas au grisbi*, Pierre Mac Orlan, le célèbre auteur de l'académie Goncourt, dit de Simonin : « L'auteur de *Touchez pas au grisbi* est peut-être un précurseur dans l'art du roman policier qui, cette fois, semble s'adresser à ceux qui parlent la langue de la pègre agressive. » Avant Simonin, le seul argot auquel avaient droit les lecteurs français était l'argot des polars américains, très édulcoré par les traducteurs.

Audiard quant à lui déteste l'argot. Pour lui, l'argot n'existe pas à l'état naturel : « L'argot est un langage complètement inventé, complètement littéraire, disait-il. Je n'ai jamais entendu un voyou parler argot [...]. Je m'agace quand les journalistes font leur papier en l'émaillant d'argot, croyant m'imiter. Je ne parle pas argot et ne suis pas un titi. » Effectivement Audiard n'utilise pas d'argot dans ses dialogues. Il écrit en inventant des mots colorés et imagés (par exemple le fameux bourre-pif) qui instaurent, plus facilement que l'argot, un langage de connivence avec le public populaire. Audiard aimait dire qu'il traçait ses dialogues en langage populaire.

Signalons également une manière propre à Audiard de construire des dialogues : le rythme ternaire. Un exemple, parmi bien d'autres que vous vous amuserez à rechercher : lorsque Antoine voit l'oncle Fernand pour la première fois, il se présente à lui comme le plus respectueux, le plus ancien, le plus fidèle ami de Patricia.

La répartition des rôles dans l'écriture des *Tontons* est très difficile à définir. Théoriquement, ainsi que l'indique le générique du film, Lautner et Simonin se sont chargés du scénario et de l'adaptation, et Audiard des dialogues. Mais dans la réalité, c'est vraiment un travail collectif auquel se sont livrés les trois compères Audiard-Lautner-Simonin. On aurait aimé en savoir un peu plus sur cette heureuse alchimie. Malheureusement, les trois acolytes sont restés bien mystérieux quant à leur méthode de travail… comme une recette de cuisine dont on conserve le secret ! Alain Poiré, le directeur de la Gaumont Inter (comme on disait à l'époque), raconte de manière amusante certaines séances de travail qu'il a pu observer :

« Au printemps 1962, tous ces paresseux, justement, étaient censés travailler pour Gaumont et essayaient d'y couper comme des potaches à leur version latine. L'habitude des scénaristes est de se faire offrir un séjour loin de chez eux où, soi-disant, ils sont trop souvent dérangés pour s'acharner sur leur boulot avec la fougue qui les caractérise. La mode n'était pas encore aux oasis tunisiennes, il s'agissait en général des Bréviaires ou bien du *Trianon Palace* où, curieusement, la présence de confrères travaillant là ne les gênait pas du tout dans leur labeur… Michel Audiard était, à ce qu'il disait, particulièrement bien inspiré à *La Colombe d'Or*, à Saint-Paul-de-Vence. Je faisais un saut pour savoir où en étaient nos *Tontons* en gestation. Je trouvais Mimi à table, ayant invité (à ses frais, c'était le plus généreux des hommes, il s'y est ruiné) une dizaine de copains, qu'il traitait bien, qu'il enchantait de ses propos et qui bâfraient encore à cinq heures quand je rentrais de chez Lautner. Lautner, en plein travail sur le même film, chez lui à Grasse, faisait une courte sieste… qui durait tout l'après-midi… J'en ris maintenant, mais, en réalité, cela m'agaçait fort… »

Quand on voit le résultat du film, on peut considérer que les bonnes tables et la sieste ont du bon !

Georges, Michel…

À tout seigneur, tout honneur !

Georges Lautner.

Lautner dans la villa du Mexicain.

Fils de la comédienne Renée Saint-Cyr, Georges aurait pu tomber naturellement dans le cinéma tout petit. En fait, il n'en est rien. Il n'est pratiquement jamais allé voir sa mère sur un plateau et, s'il se gavait de films américains, c'était en sortie avec ses copains. Alors, hasard ou hérédité, à la Libération, il trouve un premier petit boulot comme élève décorateur pour le film *Manon 326* de Léon Mathot. Quatre ans plus tard, à 23 ans, après son passage au service cinématographique des armées où il est assistant opérateur, il est embauché comme assistant metteur en scène dans *Le Trésor de Cantenac* de Sacha Guitry (1949). Il continue sur sa lancée et travaille comme assistant réalisateur auprès de nombreux metteurs en scène (Fernandel, André Haguet, Jean Dreville, Robert Darène, etc.). À 30 ans, en 1956, il est assistant réalisateur de Norbert Carbonnaux sur le tournage du film *Courte-Tête* (avec Fernand Gravey, Louis de Funès, Jean Richard, Darry Cowl) et fait la connaissance du dialoguiste, Michel Audiard.

De six ans l'aîné de Lautner, Michel Audiard, né dans un quartier populaire du 14e arrondissement de Paris, a un parcours professionnel incroyable. Opticien diplômé, soudeur qualifié, il débute comme porteur de journaux. « Quelqu'un m'a trouvé le coup de pédale intellectuel et m'a donné ma chance à *L'Étoile du soir* comme reporter, raconte-t-il dans ses mémoires. J'ai commencé par un reportage bidon intitulé "Tchang Kaï-chek intime". Bien entendu… je n'ai jamais mis les pieds en Chine, mais j'ai froidement inventé des interviews de notabilités chinoises. J'ai fait dire à Tchang Kaï-chek des choses qu'il a dû être rudement surpris de lire. En fait, personne ne démentait et je me marrais. » Il travaille comme journaliste dans de nombreux petits journaux qui font faillite les uns après les autres et trouve une place de critique à *Cinévie*. C'est là qu'il se fait repérer pour ses talents littéraires et, en 1949, le réalisateur André Hunebelle lui commande le scénario d'un film policier *Mission à Tanger*. Lorsque Lautner rencontre Audiard en 1956, le dialoguiste est, à 36 ans, un homme célèbre qui a déjà travaillé sur 21 films.

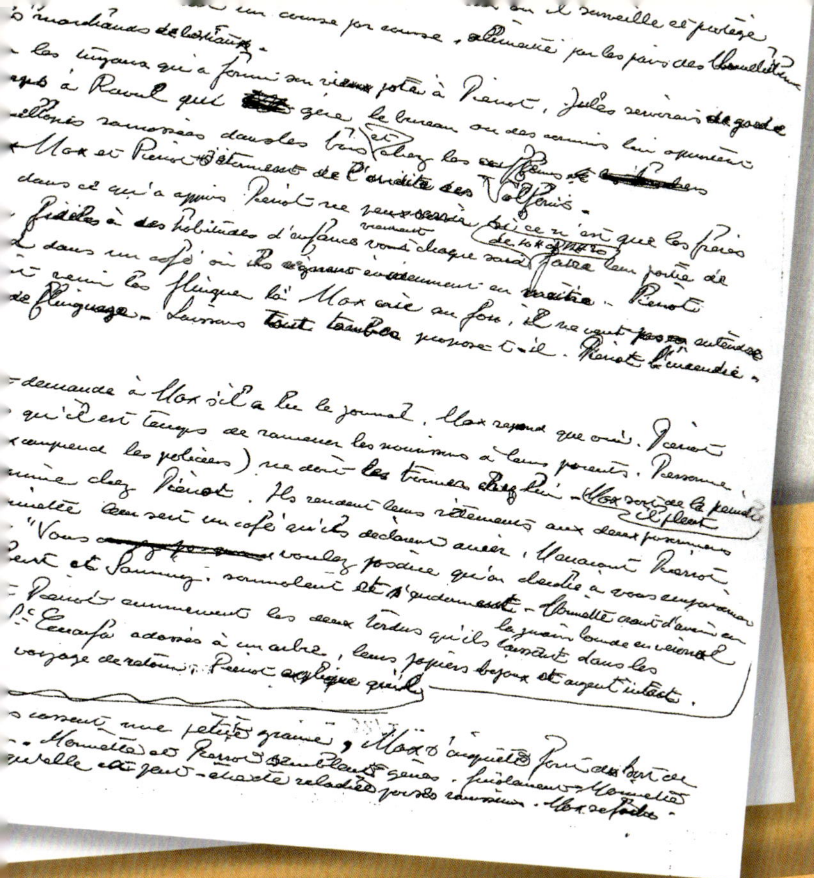

Extrait du manuscrit de *Grisbi or not grisbi.*

Claude Vital, 1er assistant réalisateur, dans la villa du Mexicain.

L'année suivante, en 1957, toujours premier assistant réalisateur de Carbonnaux pour le film *Le Temps des œufs durs* avec Darry Cowl (1958), Lautner sympathise pendant le tournage avec un jeune stagiaire de 24 ans, Claude Vital, à qui il propose d'être son assistant pour le premier film qu'il souhaite réaliser : *Le journal mène l'enquête*. Ce film ne sera jamais tourné mais Lautner, assisté de Vital, mettra en scène un autre film la même année. Vital et Lautner travailleront ensemble sur 20 films.

Lautner aime partager avec son entourage idées et réflexions autour de son travail. Il a, en la personne de son beau-frère Albert Kantof, une oreille attentive et avisée. Kantof qui travaille depuis la fin de la guerre comme ouvrier maroquinier dans l'atelier de son père ne rêve que d'écriture et de littérature. Son rêve se réalisera et il deviendra par la suite un romancier prolifique et un scénariste-dialoguiste pour de nombreux films et téléfilms. Sa première collaboration avec Lautner sur un tournage remonte à *L'Œil du monocle* (1962), film pour lequel il a reçu sa première paie officielle. *Les Tontons flingueurs* sont son premier film comme assistant réalisateur.

Simonin et Audiard autour d'un bon mot.

… et les autres !

Georges Lautner est fidèle en amitié. Il a autour de lui une équipe dévouée, une véritable famille avec qui il a déjà tourné et qu'il ne souhaite pas changer.

Le directeur de la photographie, Maurice Fellous, est né en août 1925 à Paris 12e. C'est à Roger, le grand frère (né en 1919), que revient la charge de veiller sur son cadet et leur sœur Mireille, à la mort de leurs parents. Roger est un passionné de cinéma. À la Libération, Roger suggère à Maurice de suivre une formation à l'IDHEC en cours du soir. Maurice en sort deux ans plus tard avec un diplôme d'assistant opérateur. Pour gagner sa vie, il travaille en parallèle comme assistant mécanicien au service caméras des studios cinématographiques de Saint-Maurice.
Maurice est associé aux films de Georges Lautner grâce à Roger. Ce dernier a été chef opérateur dans *Marche ou crève* (1960), le premier « vrai » film de Georges, et lui suggère de prendre son frère pour *Arrêtez les tambours* (1960). Maurice dirigera la photographie des 24 films suivants de Lautner. Chose rare dans la profession, les frères Fellous sont propriétaires de leur caméra, un Camé 300 Reflex de la marque Éclair (brevet Mathot-Coutant). À cette époque, les caméras sont louées, et rares sont ceux qui possèdent leur matériel.

Fellous a du mal à garder son sérieux.

Le cameraman des *Tontons* est Georges Pastier. Tout le monde l'appelle Loulou. C'est le surnom que lui a donné son père, commandant de l'armée française qui mourra en déportation à Dachau. Loulou est né en 1920. En 1945, grâce à un membre de sa famille, producteur de cinéma, il est embauché comme stagiaire opérateur pour le film *Pour une nuit d'amour* (d'Edmond T. Gréville). Sur les conseils de Jacques Lemare, chef opérateur, il suit la formation de l'IDHEC, dans la même promotion que Maurice Fellous. Son premier film comme deuxième assistant opérateur, c'est *Gigi* (de Jacqueline Audry, 1948). Loulou sera deuxième assistant pendant sept ans, fera seulement deux films comme premier assistant et deviendra ensuite cameraman. Il travaille pour la première fois avec Lautner dans *Marche ou crève*, appelé par les frères Fellous. Les *Tontons* sont son cinquième film avec Georges.

Lautner, Kantof, Fellous, Pastier et Vital sur le tournage des *Tontons*.

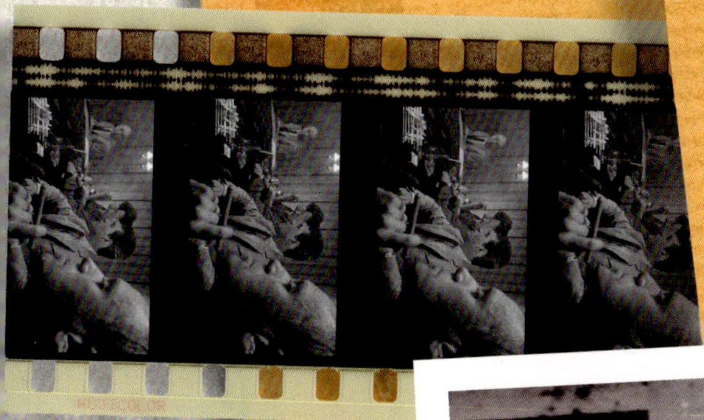

Loulou aux commandes.

Yves Rodallec, le premier assistant opérateur du film, est né en 1935. À 20 ans, il sort de « Louis-Lumière », école de prises de vues cinéma, qui était alors 85, rue de Vaugirard, d'où le nom de Vaugirard qu'on utilise encore pour cette école aujourd'hui (bien qu'elle soit maintenant à Noisy-le-Grand !).
Parcours obligé d'alors, Rodallec débute comme second assistant opérateur.
Sur le tournage de *Quai Notre-Dame* (de Jacques Berthier, 1960), il rencontre Maurice Fellous. Yves est premier assistant opérateur, l'homme qui, tout au long du plan, assure la netteté de l'image et surtout de l'acteur. Maurice Fellous lui parle avec passion d'un jeune réalisateur avec lequel il vient de travailler, Georges Lautner. Maurice le contacte pour *Le Monocle noir*, mais Yves n'est pas libre. Au film suivant, Yves embraye dans l'équipe, mais c'est surtout *Le Septième Juré* qui sera le banc d'essai de travail avec Lautner. Dès ce film, il y a de nombreux plans en profondeur, c'est-à-dire avec plusieurs acteurs nets dans différents plans de la même image.

Le bourdon de Notre-Dame

La musique a été confiée à Michel Magne pour qui c'est la première collaboration avec Lautner. Leur première rencontre, ou plutôt « non-rencontre », a laissé un souvenir très fort à Georges. Alors qu'il était en vacances à Formentera aux Baléares avec sa famille, il reçoit un télégramme de son agent : « Rentrez d'urgence à Paris, on a besoin de vous. » Que fait Lautner ? La même chose que Fernand Naudin dans les *Tontons*. Il rentre dare-dare à Paris. Voici comment il décrit la scène dans son ouvrage Foutu fourbi : « Je me pointe dans le bureau du directeur des productions chez Gaumont. "Bonjour Georges... Vous voilà... J'appelle le musicien... Allô Michel ?" C'était Michel Magne. "Quand pouvez-vous rencontrer Georges Lautner ? Ah !... Vous avez du travail !... Pas avant huit jours ! Bien, merci, on se rappelle..." Je suis reparti. Je me suis couché, j'ai fait une jaunisse. »

Quand finalement Magne vient le voir à Neuilly, il a failli ne jamais le trouver car il cherchait à quel étage habitait... Claude Chabrol !

Magne propose de tout construire autour de quatre notes censées reproduire le bourdon de Notre-Dame. En fait il s'agit d'une sonate du compositeur et violoniste italien Arcangelo Corelli (1653-1713).

Qui est Michel Magne, ce musicien et artiste génial (il est également peintre) ? Il naît le 20 mars 1930 à Lisieux. C'est le cinquième de huit enfants et son père dirige un orphelinat. Michel se passionne très tôt pour la musique et en particulier l'orgue et l'harmonium dont il jouera régulièrement à la messe. Pendant son service militaire, il continue de suivre ses cours au conservatoire avec Simone Plé-Caussade et Olivier Messiaen. Il s'intéresse aux techniques acoustiques fondamentales et effectue de nombreuses recherches sur le son. En 1947, il compose ses premières œuvres qu'il appelle musiques « à regarder ». À partir du début des années 1950, Magne tente d'unifier, à travers ses créations, musique, électronique et manipulation picturale. Le 15 juillet 1954, il donne à la salle Gaveau un concert de « musique inaudible » (musique infrasonore qu'on n'entend pas mais qu'on ressent avec son corps). Toujours en 1954, Michel compose sa première musique de film pour *Le Pain vivant* de Jean Mousselle, d'après François Mauriac.

On ne peut qu'être surpris de la similitude entre les recherches musicales du jeune compositeur de 25 ans, Michel Magne, et celles du personnage des *Tontons*, Antoine Delafoy. Toutes les expériences musicales de Magne – relations entre les ondes sonores et les courants magnétiques du corps humain, création de musique psychologique, recherches sur la musique infrasonore, etc. – sont une tentative pour atteindre l'objet musical pur. Or, que fait Antoine dans ses recherches musicales extraordinaires auxquelles ne comprend rien *l'homme-singe* Fernand Naudin ? Il cherche à atteindre *l'anti-accord absolu*.

Au cours de la décennie 1960-1970, Magne est le musicien le plus sollicité du cinéma français. Citons, outre la musique d'*Angélique, marquise des anges*, les œuvres suivantes : *Un singe en hiver* (d'Henri Verneuil, 1962), *Le Repos du guerrier* (de Roger Vadim, 1962) et la musique de six films de Georges Lautner.

Par un triste jour de décembre 1984, il se donnera la mort au Novotel de Pontoise.

Cibles humaines

Les affiches du film sont dues à Jean-Étienne Siry pour le modèle A et au tandem Guy Jouineau et Guy Bourduge pour le B. Cela paraît à peine croyable aujourd'hui, mais il faut savoir qu'à l'époque il y avait deux affiches pour un film. La lettre A désignait le modèle pour l'exploitation des salles parisiennes, et la B, c'était pour la province !

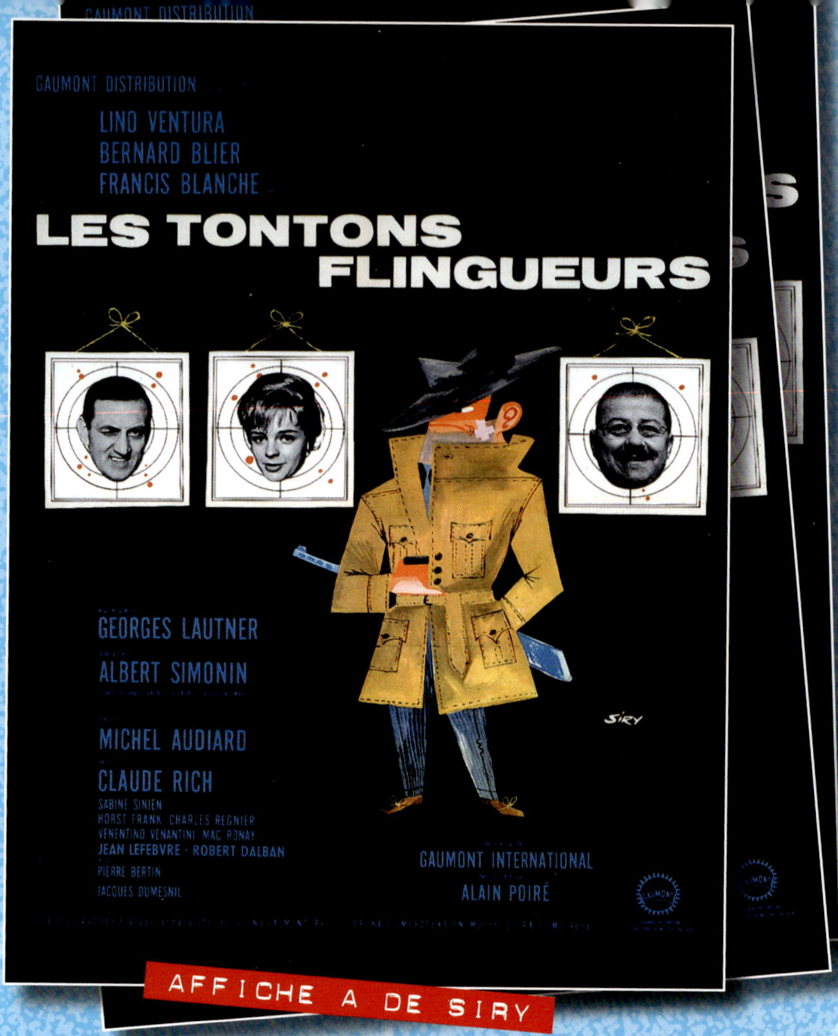

AFFICHE A DE SIRY

Jean-Étienne Siry est né en 1940. Après son bac, il entre dans l'école du célèbre affichiste Paul Colin.
À 19 ans, son diplôme en poche, il réalise pour la firme Pathé l'affiche du film *Robinson et le Triporteur* de Jacques Pinoteau avec Darry Cowl. Les affichistes français sont peu nombreux à l'époque, une dizaine à peine, et il se fait vite un nom. En 1963, la Gaumont le contacte pour *Les Tontons flingueurs*.
On lui donne, comme à l'accoutumée, le synopsis du film, un jeu de photos et dix jours pour remettre son dossier. Il soumet deux maquettes à Alain Poiré. Les deux projets sont acceptés. « Je ne me souviens plus très bien de la deuxième, me dit Siry, je sais qu'il y avait Ventura tenant une sorte de fusil. »

La mode était à la découpe des personnages et il a l'idée des trois cibles humaines avec les têtes de Lino Ventura, Sabine Sinjen et Francis Blanche. « Dans mes affiches, je préférais peindre les acteurs, mais en 1963, on aimait mieux les découpages. » On notera que le modèle B privilégie également l'approche des têtes découpées et posées sur des corps dessinés. Dans l'affiche de Siry, on voit l'agencement et l'importance du texte écrit. « En fait, je partais du titre. J'avais des obligations publicitaires, c'est-à-dire que le distributeur précisait quelle devait être la taille des noms des acteurs en fonction de la taille du titre. Par exemple, untel avait droit à 80 % de la hauteur du titre, un autre à 50 %, etc. »
Un dernier détail sur Siry : il n'a jamais vu *Les Tontons flingueurs* !...

Les deux inséparables Guy Jouineau et Guy Bourduge ont débuté dans les années 50. Ils sont donc plus anciens dans le métier que Siry. Ils se sont rencontrés sur les bancs de l'école de dessin (École des arts graphiques à Paris) et ne se quitteront jamais. Fans d'Aznavour, ils le contactent un jour en lui proposant deux maquettes. Aznavour est emballé par leur travail, mais, au grand dam des deux copains, ces maquettes deviendront des pochettes de disque et non des affiches ! Ils se font ainsi connaître du monde du music-hall (on ne disait pas encore show-biz à l'époque) et se présentent chez un certain Gattari, chef de publicité de la Gaumont. Séduit par le travail de ces deux jeunes, il leur commande une affiche pour *Nathalie, agent secret*, film d'Henri Decoin avec Martine Carol (1959). Guy Bourduge raconte comment, une fois la maquette terminée, il dessinait et peignait à la gouache l'affiche grandeur nature au format 120/160, c'est-à-dire 1,20 m par 1,60 m. La reproduction était obtenue par lithographie à partir de plaques de zinc, fixées sur des cylindres, couleur par couleur.

Par la suite, ils réaliseront les affiches pour *Les Tontons flingueurs*, *Les Barbouzes* et de nombreux autres films produits par Gaumont. Guy se remémore avec amusement la surenchère sans fin entre Gabin et Audiard pour la grosseur et la taille de leur nom sur les affiches. Quand l'un demandait un cadre entourant son nom, l'autre repassait derrière pour demander un double encadrement, etc. « Ça nous faisait marrer mais c'était du boulot à refaire... »

MATÉRIEL PUBLICITAIRE DE LA GAUMONT

Profondeur de champ

Les *Tontons* ont été, à bien des égards, un film acrobatique et amusant. La caméra, un Camé 300 Éclair de studio, pesait environ 70 kilos. Le son se faisait dans un camion qui entraînait la caméra en courant triphasé pour le synchronisme. Quant à la lumière, même si la Nouvelle Vague avait mis au rebut les arcs électriques et autres grosses sources lumineuses, il fallait de nombreux projecteurs et transformateurs pour faire fonctionner en 220 V les lampes américaines 110 V à miroir parabolique. Tout cela nécessitait de la place. Or, pour des raisons d'économie, Lautner tournait beaucoup en décors naturels, principalement à la villa de Rueil (la villa du Mexicain) où les mouvements d'acteurs et de caméra devaient se faire dans relativement peu d'espace.

Maurice Fellous et le Camé 300 Éclair

La principale nouveauté technique de ce tournage concerne la profondeur de champ. De quoi s'agit-il ? Contrairement à la prise d'une photo fixe où on fait la mise au point sur un personnage statique, la mise au point au cinéma doit changer pour suivre le personnage afin qu'il reste net pendant tout le plan. Lorsqu'on veut travailler avec de la profondeur de champ, c'est-à-dire avec plusieurs acteurs nets en même temps, la seule solution techniquement correcte, pour un objectif choisi, est de fermer le diaphragme (passer par exemple de 4 à 5,6 ou à 8, etc.), ce qui augmente la profondeur de champ, mais nécessite de la part du chef opérateur de mettre beaucoup plus de lumière sur les acteurs. Il faut pratiquement doubler la lumière pour chaque diaphragme fermé. En décor naturel, avec la sensibilité des pellicules d'alors, c'était très difficile.

Maurice et Roger Fellous, propriétaires de leur caméra, ont utilisé le premier objectif à foyer variable (zoom) de chez Angénieux, le LA–2 35/140 mm. Si le zoom facilitait grandement la mise au point et la profondeur de champ, il imposait d'emblée deux fois plus de lumière (passage du diaphragme « syndical » de 4 à 5,6). En outre, la focale la plus large du zoom (35 mm) autorisait un angle de champ de 35° et une distance minimale de mise au point de 1,50 m, ce qui n'aurait pas permis d'avoir plusieurs acteurs dans le champ, le tout dans une cuisine de 15 m^2 ! D'où l'idée des frères Fellous de recourir à un complément optique élargisseur de champ qui faisait passer la gamme des focales de 35/140 mm à 28/75 mm et diminuait la distance de mise au point à 0,90 m.

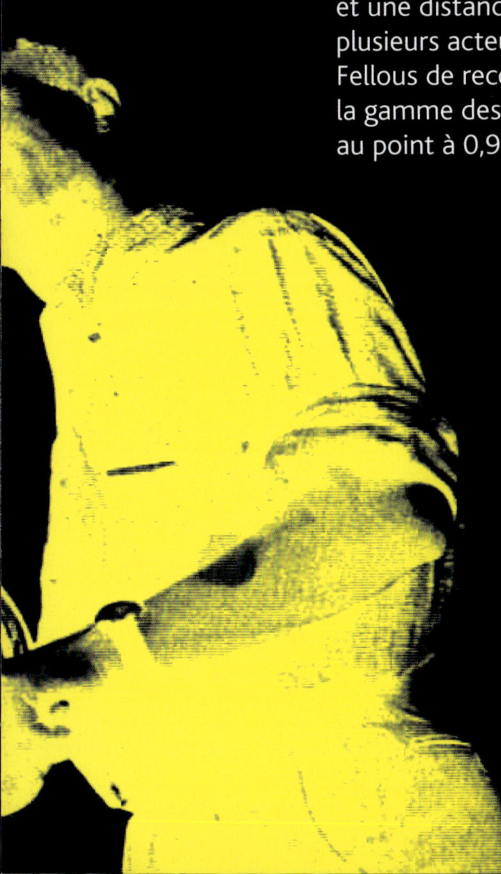

Un bon moyen de contrôler les profondeurs de champ aurait été de développer des bouts d'essais après avoir tourné les plans. C'était le travail du deuxième assistant opérateur. Mais, Nouvelle Vague et donc économie de moyens obligent, il n'en était pas question. Cherchant des solutions astucieuses, Yves Rodallec imagine pour améliorer les plans en profondeur de faire un petit avantage de point à l'acteur qui parlait, conscient du fait que c'est cet acteur que le spectateur regarde. Aussi apprend-il les dialogues par cœur pour ne pas avoir de retard dans la manœuvre. Le tournage des *Tontons* a été à l'origine d'un véritable tournant dans son approche technique. Lautner était très exigeant sur le rendu des séquences et voulait des profondeurs pour bien voir les acteurs, et bien « voir » les dialogues.

Les Tontons act

Yves Arcanel	contremaître de l'usine de tracteurs de Montauban
Marcel Bernier	Léon, le marin gardien de la péniche
Pierre Bertin	le président Adolphe-Amédée Delafoy (père d'Antoine)
Francis Blanche 7	maître Folace, notaire de Louis « le Mexicain »
Bernard Blier 8	Raoul Volfoni, spécialiste du jeu et de la flambe
Jean-Louis Castelli	le photographe du mariage
Philippe Castelli	le tailleur du costume de mariage
Henri Cogan	Freddy, petit truand
Robert Dalban 10	Jean ou « John », majordome
Dominique Davray 4	Madame Mado, patronne de la maison des filles
Jacques Dumesnil	Louis « le Mexicain »
Horst Frank 5	Théo, spécialiste de la contrebande de pastis
Charles Lavialle	le chauffeur de taxi
Jean Lefebvre 9	Paul Volfoni, frère de Raoul
Jean Luisi	un tueur
Anne Marescot	la jeune femme dans la cuisine
Paul Mercey	Henri, le barman du bowling-snack-bar du 118, Champs-Élysées
Paul Meurisse	« le Monocle » passant sur le trottoir lors du mariage
Georges Nojaroff 6	Vincent, l'ami de Théo
Charles Régnier	Tomate, gérant de la salle de jeu clandestine de *La Petite Ferme*
Claude Rich 1	Antoine Delafoy, artiste musicien, amoureux de Patricia
Mac Ronay 3	Bastien, première gâchette chez Volfoni
Sabine Sinjen 12	Patricia, fille de Louis « le Mexicain » et de Suzanne « Beau Sourire »
Venantino Venantini 2	Pascal, porte-flingues de Monsieur Fernand
Lino Ventura 11	Fernand Naudin, ami du Mexicain et « tonton » de Patricia

eurs

Le haut de l'affiche

Bernard Blier

Un metteur en scène permet à des acteurs de jouer et de se faire connaître. Mais la réciproque est souvent également vraie. C'est le cas de Lino Ventura avec Claude Sautet *(Classe tous risques*, 1960, premier film mis en scène par Sautet et premier grand rôle de Ventura) et c'est le cas de Bernard Blier avec Georges Lautner : « C'est grâce à Blier que j'ai démarré », dit Lautner sans hésiter.

Fils d'un biologiste de l'Institut Pasteur, Bernard Blier est né en 1916 à Buenos Aires, pendant une mission de son père. Il débute au cinéma avec Marc Allégret dans *Gribouille* à l'âge de 21 ans et participera en moyenne à plus de trois films par an, pendant toute sa carrière (175 films de 1937 à 1988). Lorsqu'il joue pour la première fois sous la direction de Lautner, dans *Marche ou crève* (1950), Blier a déjà tourné dans plus de 50 films. Il y retrouve son fils, Bertrand, qui est deuxième assistant réalisateur aux côtés du premier assistant Claude Vital. Bernard Blier, l'ange gardien cinématographique de Lautner, lui fait connaître Paul Meurisse avec qui il tourne la série des *Monocle* et qui fait une apparition en Monocle dans les *Tontons*. Et surtout Blier lui amène Francis Blanche. En 1962, Blanche et Blier sont pour la première fois ensemble dans un film de Lautner, *Le Septième Juré*. Blier y interprète un pharmacien assassin, Blanche un procureur barbu et odieux.

Francis Blanche

Francis Blanche est né le 21 juillet 1921 à Paris. Fils de comédien, il débute sa carrière à 17 ans au cabaret et à 21 ans au cinéma, dans *Frédérica* de Jean Boyer. 120 films en 32 ans de carrière ! C'est un tombeur de films et un tombeur de femmes. Le tableau de chasse de ce petit homme d'un mètre soixante au regard si doux est impressionnant, et il faut toute l'habileté de son secrétaire pour gérer ses rendez-vous sans interférences. « Comme ses copines se ressemblaient toutes, raconte un membre de l'équipe des *Tontons*, je les confondais souvent et sur le plateau j'avais toujours peur de faire une gaffe. »
Francis avait toujours deux voitures américaines identiques, l'une était blanche, l'autre métallisée. Lorsqu'il arrivait avec la blanche, il était accompagnée de sa femme. Si son chauffeur le conduisait dans la métallisée…

Tous ceux qui ont connu Francis Blanche s'accordent à dire qu'il avait un esprit et une repartie hors du commun. En 1962, de retour de Suisse où il avait acheté des jupes en cashmere pour sa femme et un petit réfrigérateur, Blanche avait mis l'appareil ostensiblement sur la plage arrière avec les vêtements par-dessus. Le soir, il se présente au poste frontière, fait retentir son Klaxon qui imitait le bruit d'une vache et attend la question rituelle : « Avez-vous quelque chose à déclarer ? » Il répond alors aux douaniers qui en rigolent encore : « J'ai un frigo sous les jupes de ma femme ! »

Autre anecdote. Pendant le tournage des *Tontons*, Francis Blanche arrive au studio d'Épinay accompagné d'une jeune fille et rencontre Henri Cogan (celui qui joue le rôle de Freddy). Cogan, qui a lui aussi une fille très jeune, se met à discuter avec Blanche de l'éducation des enfants. À ce moment-là, Blanche le coupe et lui dit : « Tu vois, la différence entre toi et moi, c'est que tu ne lui as pas fait d'enfant, moi oui ! » En fait, Cogan était convaincu que la jeune personne accompagnant Blanche était sa fille. Or c'était sa compagne !
Blanche a une autre particularité : pendant les tournages, il arrive en retard. Mais il le fait avec son humour et sa bonhomie coutumière. Un matin où il est particulièrement en retard, il débarque sur le lieu du tournage en trombe, sort rageusement de sa voiture avec l'objet du délit à la main, le jette violemment au sol et piétine ce malheureux réveil qui avait refusé de sonner.

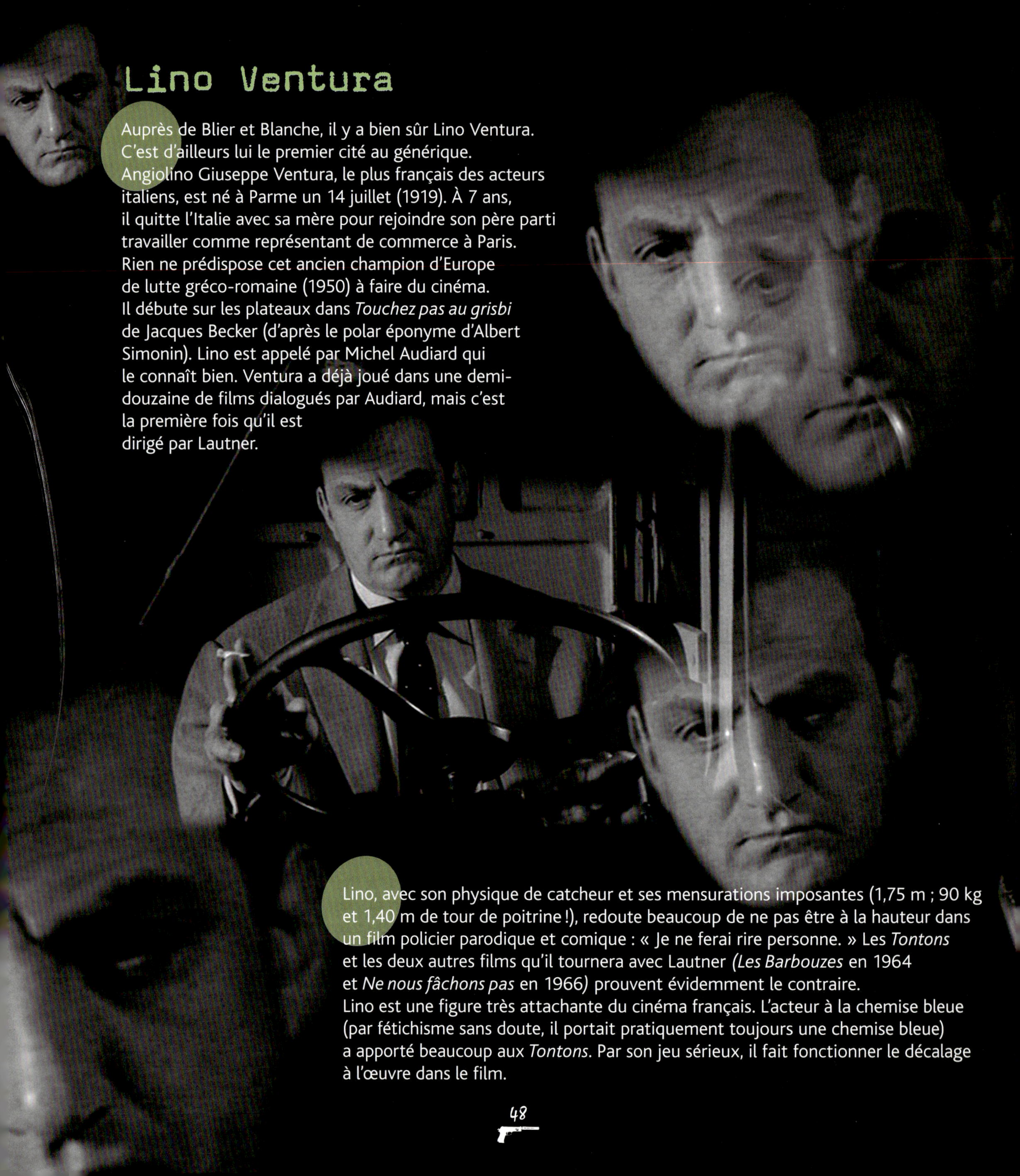

Lino Ventura

Auprès de Blier et Blanche, il y a bien sûr Lino Ventura. C'est d'ailleurs lui le premier cité au générique. Angiolino Giuseppe Ventura, le plus français des acteurs italiens, est né à Parme un 14 juillet (1919). À 7 ans, il quitte l'Italie avec sa mère pour rejoindre son père parti travailler comme représentant de commerce à Paris. Rien ne prédispose cet ancien champion d'Europe de lutte gréco-romaine (1950) à faire du cinéma. Il débute sur les plateaux dans *Touchez pas au grisbi* de Jacques Becker (d'après le polar éponyme d'Albert Simonin). Lino est appelé par Michel Audiard qui le connaît bien. Ventura a déjà joué dans une demi-douzaine de films dialogués par Audiard, mais c'est la première fois qu'il est dirigé par Lautner.

Lino, avec son physique de catcheur et ses mensurations imposantes (1,75 m ; 90 kg et 1,40 m de tour de poitrine !), redoute beaucoup de ne pas être à la hauteur dans un film policier parodique et comique : « Je ne ferai rire personne. » Les *Tontons* et les deux autres films qu'il tournera avec Lautner *(Les Barbouzes* en 1964 et *Ne nous fâchons pas* en 1966*)* prouvent évidemment le contraire.
Lino est une figure très attachante du cinéma français. L'acteur à la chemise bleue (par fétichisme sans doute, il portait pratiquement toujours une chemise bleue) a apporté beaucoup aux *Tontons*. Par son jeu sérieux, il fait fonctionner le décalage à l'œuvre dans le film.

Jean Lefebvre

Le quatrième de la bande, c'est Jean Lefebvre. Il est né en 1919 à Valenciennes. Son père le voit pharmacien et lui se voit plutôt en train de faire rire les gens. Il est mobilisé à 20 ans et se fait prendre quelques semaines plus tard. Il part comme prisonnier en Allemagne et s'évade. Il est repris par les Allemands, ce qui signifie immanquablement le peloton d'exécution. Il s'échappe une deuxième fois et parvient à rejoindre la France où il se réfugie à Limoges. Les FFI l'aident en lui procurant un emploi de chauffeur de trolleybus. Après la guerre, il s'oriente vers la carrière de chanteur. Il a déjà gagné plusieurs prix de conservatoires régionaux et réussit facilement le concours d'entrée au Conservatoire national de Paris. Il en sort avec le prix d'opéra-comique.

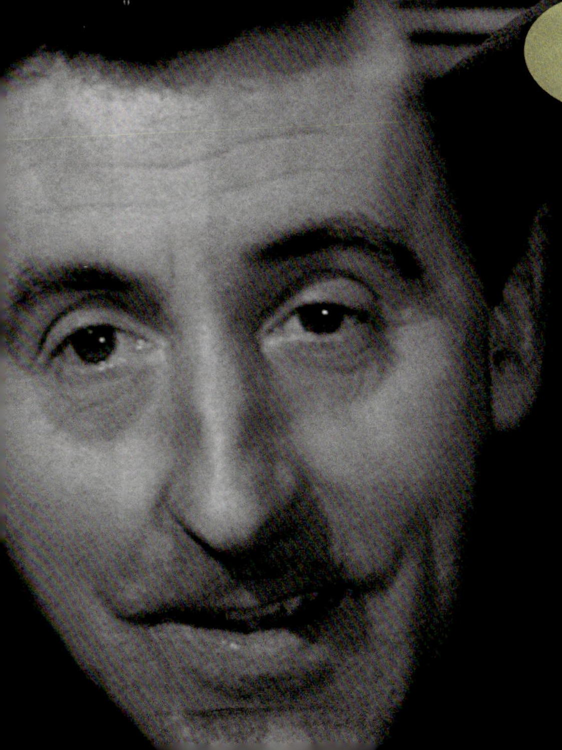

Au Conservatoire, outre des cours de chant, les élèves ont des cours de comédie. À l'époque c'est René Simon, le célèbre homme de théâtre qui a créé le fameux cours du même nom, qui enseigne. Il dit un jour à Jean Lefebvre : « Tu ne vas sans doute pas être content de ce que je vais te dire, mais je vais te le dire quand même. Tu as une très belle voix, mais quand je te vois chanter, tu me fais marrer ! Tu as une voix de basse, mais les basses sont en général des grands costauds. Non, tu réussirais mieux dans le comique. »

Jean Lefebvre lui répond :

« Mais la comédie, c'est justement ce que je veux faire ! »

Et Jean ajoute :

« Le problème, maître, c'est que je n'ai pas de quoi me payer des cours de comédie.

– Ne t'inquiète pas, réplique René Simon, tu as l'air d'avoir du talent, viens chez moi, tu ne paieras rien. »

Et c'est ainsi que Jean est venu à la comédie. Les *Tontons* sont son premier film avec Lautner.

Une distribution germano-italo-française

Sabine Sinjen

Lorsque Audiard voit débarquer Sabine Sinjen, jeune comédienne d'à peine 20 ans, il a un choc. Il s'attendait à tout sauf à elle. Pour lui, le rôle de Patricia, la « nièce » de Fernand, doit être tenu par une actrice à la gouaille parisienne et non par cette jeune fille bien rangée à l'allure charmante qu'on va devoir doubler au mixage. Cette petite jeune est déjà une actrice reconnue en Allemagne. Elle a débuté sa carrière à l'âge de 15 ans : son premier film est *Die Frühreifen (Les Précoces)* de Joseph von Bäky en 1957 dans lequel elle joue le rôle d'une toute jeune fille, séduite, abandonnée et acculée au suicide.
Elle a 13 films à son actif au moment où elle tourne avec Lautner. En 1966, elle obtiendra la plus haute récompense du cinéma allemand, l'équivalent du césar de la meilleure actrice, pour son interprétation du rôle de Hilke dans le film *Es* (mis en scène par Ulrich Schamoni), film du nouveau cinéma allemand qui sera en compétition à Cannes. Malheureusement, l'avenir qui l'attend est loin d'être aussi radieux puisqu'en 1984, on découvre qu'elle développe une tumeur derrière l'œil droit. Elle en mourra onze ans plus tard.

Claude Rich

Quant au neveu ou futur neveu, Antoine Delafoy, il est interprété par Claude Rich. En 1963, Claude Rich est un jeune acteur strasbourgeois formé au Conservatoire de Paris (élève de Charles Dullin) qui s'est fait remarquer par ses brillantes interprétations dans une demi-douzaine de pièces de théâtre dont *Château en Suède* – la première pièce montée au théâtre de Françoise Sagan – et *Victor ou les Enfants au pouvoir* de Vitrac, pièce surréaliste dans laquelle il joue le rôle d'un enfant de 9 ans qui mesure 1,80 m ! Michel Audiard avait repéré Rich sur les planches. Il propose à la production d'embaucher ce jeune acteur pour les *Tontons*.

Robert Dalban

Le majordome Jean/John, qui s'adresse à Ventura en anglais et qui est aussi *British* que vous et moi, est interprété par Robert Dalban, de son vrai nom Gaston Barré. Dalban, l'acteur fétiche de la Gaumont, c'est avant tout une trogne. Comique troupier à ses débuts professionnels, on le voit ensuite dans des opérettes puis au théâtre. Il débute sa carrière cinématographique en 1934, à 31 ans. Avant guerre, il joue des rôles de soudard germanique, avec sa drôle d'allure et son gros nez. Après guerre, il ne quitte les rôles de truand que pour revêtir l'uniforme de policier. C'est lui l'assassin de *Quai des Orfèvres* d'Henri-Georges Clouzot en 1947 et le commissaire d'*Obsession* de Jean Delannoy, en 1954.

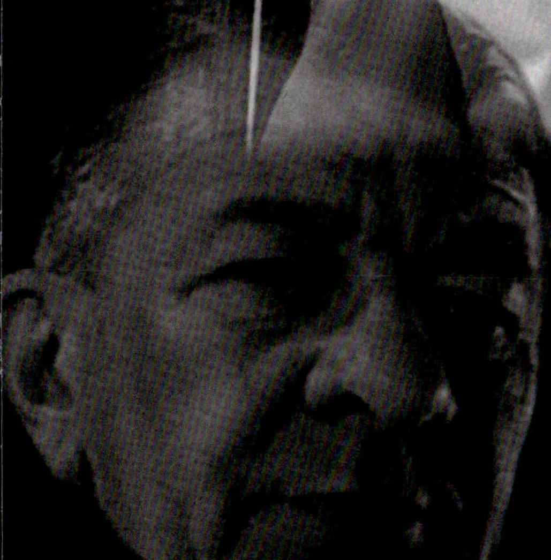

À partir des années 1960, de nombreux cinéastes ont recours à lui pour des comédies (Audiard, Hunebelle, Lautner avec qui il travaillera dans une dizaine de films, etc.). On compte à son actif près de 200 films ! Avant de tourner dans les *Tontons*, il a joué dans trois films de Lautner : *Le Monocle noir*, *Le Septième Juré* et *L'Œil du Monocle*. Signalons également autre chose sur Dalban. Il a été marié à Madeleine Robinson et a doublé Clark Gable dans la version française d'*Autant en emporte le vent*.

Mac Ronay

Le cousin Bastien, première gâchette chez Volfoni, le fils de la tante Berthe (vous savez, la sœur d'Antonio, le père de Pascal), c'est Mac Ronay. Lautner dit que Mac Ronay pourrait symboliser à lui seul tout le film. Mac Ronay ! Souvenez-vous de cet artiste de variétés drôlissime avec son numéro de magicien qui ratait ses tours, qui s'appliquait à tout faire bien et qui immanquablement se plantait au dernier moment. C'est un peu à l'image des *Tontons* avec des situations qui semblent se dérouler normalement et qui, au dernier moment, le décalage aidant, deviennent loufoques et si drôles.
Mac Ronay s'appelle en fait René Sauvard. Il est né en 1913 dans une famille très pauvre et débute comme acrobate de fête foraine avec comme numéro vedette le mur de la mort. Il travaille dans un cirque américain, fait une mauvaise chute en tentant trois sauts périlleux au volant d'une voiture. Pendant son repos hospitalier forcé, René verra un film qui signera le véritable point de départ de sa carrière d'humoriste : *Frankestein*, le film de James Whale. Le personnage de l'étrange docteur lui donne l'idée d'un numéro d'illusionniste comique avec un savant fou, numéro qu'il développera et réalisera quelques années plus tard.
À Paris, il est embauché par le *Crazy Horse* où il peaufine son numéro comique, sans paroles. Il est alors repéré par des Américains qui lui proposent un contrat de trois mois au cabaret *Syros* à Hollywood. Il devient ainsi une vedette internationale reconnue. Il tourne dans une douzaine de films avec de grands metteurs en scène (Luigi Comencini, Mario Monicelli, Elio Petri, Vittorio De Sica, Claude Zidi, etc.).

Venantino Venantini

Le fameux porte-flingues Pascal, c'est Venantino Venantini. Un nom pareil, quelle originalité ! Rien ne laissait prévoir que ce jeune Italien de Fabriano ferait carrière dans le cinéma. Il est certes intéressé par les arts et plutôt doué mais ce sont les beaux-arts qui l'attirent. Une bourse d'études lui permet de venir à Paris aux Beaux-Arts. Son physique de jeune premier et son allure sportive – en fait, c'est un sportif accompli qui a longtemps pratiqué le volley, le basket et le javelot (mais pas le foot, il était très mauvais au foot !) – lui valent d'être repéré par des photographes de mode. Il se fait de l'argent de poche en posant pour des revues et fait sa première expérience au cinéma à 27 ans en 1957 avec un tout petit rôle dans *Sait-on jamais ?* de Roger Vadim, mais c'est avec les *Tontons* qu'il démarre vraiment sa carrière d'acteur international (près de 130 films !). Il réside pendant la durée du tournage à l'hôtel *Powers*, rue François-Ier, à 100 m des Champs-Élysées. D'abord il apprend à mieux connaître Lautner.

« C'est devenu votre ami depuis ?

– Non, répond-il avec son délicieux accent italien, ce n'est pas mon ami, c'est mon frère. »

Il sympathise avec tous les acteurs et l'équipe technique. Blier passe son temps à raconter des histoires drôles. Blanche en raconte aussi, mais sans doute moins, et elles sont à la fois plus tendres et plus étranges. Venantino se rappelle également quand, le matin, le chauffeur de la production passait le prendre à l'hôtel. Ils allaient ensuite chercher Dalban qui habitait dans le quartier, et alors là, quelles parties de rigolade pendant le trajet ! Évidemment, celui dont il est le plus proche, c'est Ventura. Lino est italien comme lui, ensemble ils communiquent toujours en italien. Lorsque Venantino tourne les *Tontons*, il ne maîtrise pas suffisamment le français et il est donc doublé. C'est Charles Millot, acteur polyglotte d'origine croate, qui lui prête sa voix et l'accent italien !

Les seconds rôles

La quasi-totalité des acteurs qui interprètent des seconds rôles joue pour la première fois dans un film de Lautner. Seuls **Paul Mercey** (qui joue le rôle d'Henri, le barman du bowling), Charles Lavialle (le chauffeur de taxi) et Jean Luisi (le tueur à la Buick) avaient déjà tourné dans un film de Lautner : Mercey et Luisi dans *L'Œil du Monocle* et Lavialle dans *Le Septième Juré*, les deux films datant de 1962.

Jean Luisi avait prévu d'être juriste, mais le hasard en a voulu autrement. Luisi est entré très tôt dans la famille Lautner et il a continué à tourner avec Georges à l'occasion de nombreux autres films. Il a participé à plus de 70 films pour le cinéma et la télévision.

Jacques Dumesnil est Louis le Mexicain. Né en 1904, Jacques Joly, devenu Jacques Dumesnil, fait d'abord des études d'ingénieur mécanicien mais se passionne pour le théâtre. Il échoue deux fois au concours d'entrée au Conservatoire national avant d'être reçu en tragédie. De 1927 à 1930, il jouera à l'Odéon dans une quinzaine de pièces. Il fait de nombreux allers-retours entre planches (plus de 100 pièces) et plateaux (56 films). À partir des années 60, la télévision l'accueillera souvent. Il est Sosthène de Plessis-Vaudreuil dans le feuilleton *Au plaisir de Dieu* (de Robert Mazoyer, 1976-1977). *Les Tontons flingueurs* sont son dernier film au cinéma. En fait, il n'y a tourné que deux jours !

Le père d'Antoine, le président Adolphe-Amédée Delafoy, est joué par **Pierre Bertin**. Pierre Dupont alias Bertin est avant tout un homme de théâtre : l'Odéon, la Comédie-Française, etc. Autant Dalban est une trogne, autant Bertin est une voix. Dans les *Tontons*, il joue le rôle d'un vieil homme sourd comme un pot. Lorsqu'il vient voir Fernand pour faire la demande en mariage, il est accueilli par Jean, le majordome. Jean parle très fort pour qu'il comprenne mais le président Delafoy n'entend rien et il a cette réplique, taillée sur mesure par Audiard pour l'homme de théâtre qu'il est : « Qu'est-ce qu'il y a mon ami ? Articulez ! » Bertin a peu joué au cinéma.

Théo, le truand responsable de la distillerie clandestine, est interprété par l'acteur **Horst Frank**. Fils d'un artisan porcelainier de Lübeck, Horst se forme d'abord au commerce. À 18 ans, il s'oriente vers une carrière artistique à l'École supérieure de musique et de théâtre de Hambourg. Il rate l'examen de sortie mais trouve de nombreux engagements à la fois au théâtre, à la télévision et au cinéma. Il joue pratiquement toujours des rôles de méchant avec sa mine sévère, son regard froid et ses airs sadiques. Il est très populaire dans le cinéma allemand et, lorsque la coproduction le propose pour les *Tontons*, il a déjà tourné dans 26 films, en Allemagne et à l'étranger, essentiellement en France et en Italie. En France par exemple, il a travaillé avec Henri Decoin *(La chatte sort ses griffes*, 1960*)* et Claude Autant-Lara *(Le Bois des amants*, 1960 et *Tu ne tueras point*, 1961, films dans lesquels il joue aux côtés de Laurent Terzieff*)*. Dans les *Tontons*, Audiard lui peaufine des dialogues sur mesure, avec moult références à la Seconde Guerre mondiale, et Lautner tire profit à merveille de son côté germanique. Horst Frank est associé à Georges Nojaroff qui, après Sabine Sinjen, est le plus jeune acteur sur le plateau.

Fils d'ingénieur, sorti des grandes écoles comme tous ses oncles bulgares, **Georges Nojaroff** a suivi les cours d'art dramatique Raymond-Girard, rue Vavin. Il décroche son premier rôle dans *Samedi soir* (1960) de Yannick Andréi. Voici le récit qu'il fait de ses essais pour *Les Tontons flingueurs* : « Me voici donc parti pour jouer l'ami de Théo, sans réaliser particulièrement la spécificité de mon personnage. Et quand je le réalise vraiment... j'avais peu de texte à dire. La première phrase, je dois la dire à froid, devant un parterre d'aînés, et quels aînés, tous d'expérience ! Je suis noué, la gorge serrée et j'ai du mal à sortir cette phrase: "Je t'attends en bas." Mais, je l'ai déjà dit, les gens sont très souvent adorables avec moi. Je dis donc mon texte et bien sûr je m'attendais à une deuxième prise de vues, de son au moins. Monsieur Lautner, qui ressentait les acteurs de façon surprenante, me dit : "C'est bon, ne t'inquiète pas, ça va !" »

À part Patricia, il n'y a qu'un autre rôle féminin dans les *Tontons* : celui de Madame Mado, la patronne de la maison des filles, interprétée par **Dominique Davray**. De son vrai nom Marie-Louise Gournay, Dominique Davray a débuté au cinéma en 1942 à l'âge de 23 ans. Elle tient un tout petit rôle pour son premier film, dans *La Duchesse de Langeais* (mise en scène de Jacques de Baroncelli). Elle sera partenaire de Simone Signoret dans *Casque d'or* (de Jacques Becker) et jouera dans plus de 40 films au cours de sa carrière. Pour les nostalgiques des maisons closes qu'on appelait officiellement à l'époque maisons et salons de société ou maisons de massage et de rendez-vous, le nom de Mado n'est sans doute pas inconnu. Sur les 1 500 maisons closes de France d'avant 1946 (année de la fermeture officielle), deux établissements avaient comme enseigne *Chez Mado*. L'un était situé au 10, rue Mazet, dans le 6e arrondissement de Paris, et l'autre au 22, rue du Faubourg-Montmartre, dans le 9e.

Signalons également une jeune comédienne au rôle très court, mais dans une scène, ô combien mythique ! **Anne Marescot**, la fillette comme l'appelait Lautner, joue la jeune femme qui arrive éméchée dans la cuisine en réclamant de l'alcool. Son aventure au cinéma a été de courte durée. Elle débute en 1962, grâce à un ami qui travaille dans la production, dans le court-métrage *L'Histoire d'un petit garçon devenu grand*, de François Reichenbach. Le film est primé au Festival de Venise en 1963. Cette première expérience lui plaît énormément et elle est très enthousiaste lorsqu'on lui propose de participer à un long-métrage, même si dans son milieu « intello », un film commercial est plutôt mal vu. Elle est très inquiète à l'idée de jouer ce rôle de fille ivre et trouve qu'elle n'y arrive pas. « C'est grâce à Francis Blanche que j'y suis arrivée. Son côté chaleureux et drôle m'a sécurisée. » Quand on voit comment maître Folace lui hurle : « Touche pas au grisbi, salope ! » on ne s'attendait pas à cela. Elle tournera un dernier film en 1967, *Bang-Bang,* de Serge Piollet (écrit par Albert Simonin), avec Sheila, Jean Yanne, Jean Richard et Guy Lux, et arrêtera le cinéma à 20 ans.

Terminons cette présentation des acteurs par quelques mots sur **Charles Lavialle**, le chauffeur de taxi « transporteur de cocus ». Lavialle est un acteur qui a toujours tenu des petits rôles dans les films (un facteur, un brigadier, un maire, un vagabond, etc.), ces petits rôles qui réchauffent un film, ces passages rapides avec quelques répliques qui nous font sourire ou nous surprennent et dont on se souvient encore longtemps après la fin du film. Dans les *Tontons*, Charles Lavialle est donc un chauffeur de taxi. Mais ce n'est pas tant cela qui est exceptionnel même si, assurément, Lavialle est bon dans ce rôle. Non, ce qui est extraordinaire chez Lavialle, le chauffeur de taxi, c'est que dans la vie de tous les jours... il n'avait pas son permis de conduire ! Il ne savait même pas démarrer un véhicule automobile. Les machinistes devaient tirer la voiture avec des cordes et il fallait placer des cales pour l'arrêter !

Silence, on tourne !

Le premier tour de manivelle est donné le lundi 8 avril 1963. Le tournage se termine le 29 mai. Il se déroule sur 42 jours.

On ne peut pas dire que le tournage débute sous les meilleurs auspices. On a déjà évoqué les réticences de la Gaumont (peu de personnes y croyaient vraiment, désaccord sur l'embauche de la monteuse du film, rédaction curieuse du contrat d'engagement de Lautner le rendant responsable sur ses propres deniers de tout retard, etc.). Il convient de savoir également que, même si Lautner réalisait son premier film chez un grand producteur, le budget était chiche, environ 1,80 million de francs (soit, en 2009, environ 2 millions d'euros) dont plus de la moitié pour Audiard et les acteurs du « haut de l'affiche ». Des sept films produits par la Gaumont cette année-là (*Carambolages* de Marcel Bluwal, *Le Glaive et la Balance* d'André Cayatte, *Jusqu'au bout du monde* de François Villiers, *Les Tontons flingueurs* de Georges Lautner, *Méfiez-vous mesdames* d'André Hunebelle, *Vénus impériale* de Jean Delannoy et *Le Vice et la Vertu* de Roger Vadim), les *Tontons* font figure de Petit Poucet.

Guy Azzi, administrateur des productions Gaumont en 1963, se souvient que ce fut un effort considérable de tous les instants de la part de Georges Lautner et de toute l'équipe. Mais Georges n'allait pas être arrêté par ces « broutilles » et comme le dit Guy avec beaucoup d'humour : « Une des grandes qualités de Georges, c'est qu'il se sort de toutes les situations ; un simple square, il en fait le jardin des Tuileries. »

LE BOWLING

LE TRIPOT DE TOMATE

Le film est tourné à différents endroits. Outre une usine désaffectée, des extérieurs parisiens classiques et une petite maison à Saint-Nom-la-Bretèche qui sera *La Petite Ferme* (le tripot tenu par Tomate), la scène du bowling est tournée (la nuit !) dans un véritable établissement : le bowling de la Matène à Fontenay-sous-Bois.
Ce bowling, ouvert en 1961, a accueilli d'autres films depuis. Citons, entre autres, *Monsieur Hire* (1989, de Patrice Leconte, avec Michel Blanc et Sandrine Bonnaire) et les séries télévisées *Les Chevaliers du ciel* (1989) et *Pause-Café* (1981-82 et 1989, de Charles Bitsch avec Véronique Jannot dans le rôle de Joëlle « Pause-Café »). Il est toujours en activité.

LA PÉNICHE

LA MAISON DE RUEIL

L'ÉGLISE DU MARIAGE

L'intérieur de la péniche est reconstitué au studio Éclair à Épinay-sur-Seine et l'église dans laquelle est célébré le mariage de Patricia et Antoine est l'église Saint-Germain-de-Charonne, place Saint-Blaise dans le 20e arrondissement de Paris. Quant à la résidence du Mexicain qui héberge Fernand pendant son séjour parisien, c'est une maison bourgeoise de Rueil près du château de la Malmaison. Cette villa a été utilisée pour des raisons d'économie. C'est la première fois qu'une maison de production y a recours pour filmer. Elle servira encore par la suite. Citons entre autres *Les Barbouzes* (1964), *Un idiot à Paris* (1967) et *La Petite Vertu* (1968), deux films de Serge Korber. C'était un endroit pratique et pas cher. Albert Kantof, le second assistant réalisateur des *Tontons*, se souvient que les fleurs du jardin étaient des fleurs artificielles ! Propriété de la Fondation Cartier, la villa est aujourd'hui louée à des particuliers. Elle a été entièrement rénovée... et la cuisine mythique a disparu !

Aucune improvisation !

Le scénario du film est découpé en près de 700 plans. Les détails de mise en scène sont toujours très précis et l'idée que les *Tontons* sont un film qui doit beaucoup à l'improvisation est une vue de l'esprit.

De nombreux fans m'avaient dit, entre autres, que la célèbre réplique de Blanche/maître Folace à la jeune fille éméchée qui vient réclamer des boissons alcoolisées dans la cuisine : « Touche pas au grisbi, salope ! » était venue naturellement à Blanche en cours de tournage. Il n'en est rien et tout était écrit. Mais cela fait partie du mythe. En fait, pour de nombreux amateurs des *Tontons*, la spontanéité des dialogues et le côté enlevé de nombreuses situations seraient des témoignages « évidents » d'une improvisation à l'origine de la fraîcheur du film. C'est justement là tout l'art du metteur en scène. Lautner, alchimiste de talent, a su donner, grâce aux dialogues, au jeu des acteurs et à la mise en scène, la formidable illusion de la spontanéité.
Pour ce qui est de la mise en scène, voici par exemple ce qui est écrit dans le scénario sur la première scène du film, lorsque Fernand s'apprête à quitter Montauban et son entreprise de tracteurs agricoles :

Entreprise Fernand - Extérieur - jour gris (plutôt soir)
Contre-plongée sur le ciel gris.
On peut accrocher un élément lumineux – genre éclairage extérieur bon marché –, une ampoule nue et une tulipe métallique allumée (prévoir résistance). On entend un bruit de moteur qui précède l'entrée du champ d'un tracteur ou d'une quelconque machine agricole. Le tracteur vient sur l'appareil, impressionnant, et sort du champ à gauche. Il fait volet.
Dans sa sortie de champ, on découvre, venant sur l'appareil dans un mouvement inverse : Fernand et son contremaître. Le contremaître est en tenue de travail avec des bottes en caoutchouc. Fernand est habillé comme le « monsieur qui part en voyage », mais, avant tout, on sent qu'il est habillé pour partir. Il en est presque gêné. Il est chaudement vêtu, plutôt canadienne. Lorsqu'on les découvre, ils sont assez près. Le contremaître est obligé de hausser le ton pour couvrir le bruit du tracteur. Ils s'approchent de l'appareil.

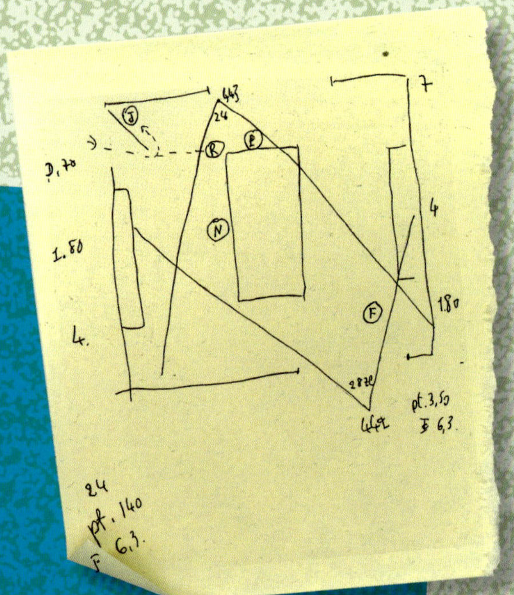

Croquis de placement des caméras (plans 442 et 443).

... ENTRÉE DU CHAMP...

... LE TRAVELLING S'ARRÊTE.

... TRAVELLING EN CONTRE-PLONGÉE...

... SORTIE DE CHAMP...

CONTREMAÎTRE :
J'dis pas que c'est la première fois que vous montez à Paris, M'sieur Fernand, j'dis que ça tombe mal !...

L'appareil alors démarre, les précédant en travelling en contre-plongée assez rapprochée.

CONTREMAÎTRE :
... Si le Morvan est frisquet, vous avez une couverture à l'arrière et Germaine a mis du thé dans le Thermos.

FERNAND :
Pourquoi pas de la quinine et un passe-montagne ? On croirait vraiment que je pars au Tibet !

Le travelling s'arrête. L'appareil panoramique Fernand et le contremaître, récupérant le sol tandis qu'ils s'éloignent.
Le contremaître va droit son chemin, tandis que Fernand qui grommelle est obligé de contourner les flaques d'eau.
Ils se dirigent vers une voiture, une 404 noire dont le moteur tourne. Un ouvrier du chantier la fait chauffer.
À l'approche de Fernand, il descend de la voiture.
Près de la voiture, un camion.

Comme improvisation, ce n'est pas mal !

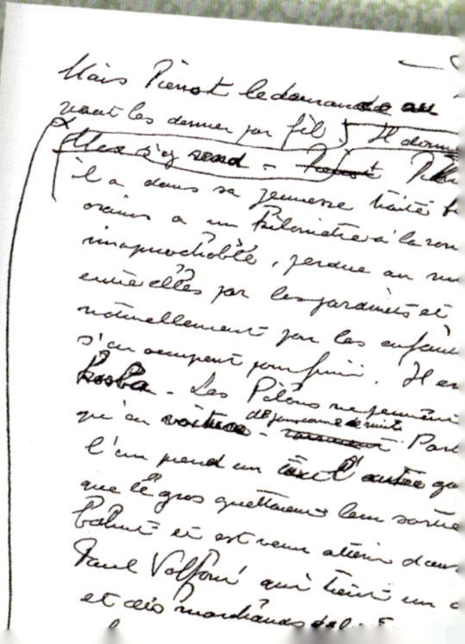

Scènes coupées

Sur les 700 plans du scénario, un certain nombre ne seront pas dans la version montée, celle qui constitue le film à proprement parler.

Dans le bureau de la directrice de l'institution religieuse Plaisir

Cette scène était prévue après celle où Pascal et Bastien annoncent à Fernand qu'ils ont découvert leur lien de parenté (ils sont cousins). Dans cette scène, Fernand vient voir la directrice pour payer les frais de scolarité de Patricia. Il en profite pour discuter avec elle et l'interroge notamment sur le nombre d'heures de cours de piano qu'aura Patricia. Fernand a alors cette réplique superbe : « Vous lui donnerez le meilleur, avec le maximum de leçons. J'y tiens. Le piano, c'est l'accordéon du riche. »
Fernand a effectivement envie que Patricia sache jouer du piano puisqu'on apprend plus tard (partie non gardée dans le film) qu'il a l'intention de récompenser sa nièce (elle vient d'avoir des notes exemplaires, un 16 en philo !) en lui offrant (comme il le dit à maître Folace) : « Un piano ! Et pas un bastringue ! Un modèle de concert ! Vous allez voir ce meuble ! Une cathédrale ! Y va bouffer le salon ! »

L'arrivée de Fernand sur la péniche des Volfoni

On se souvient de l'embuscade de Fontainebleau tendue par Théo et sa bande à Fernand. Celui-ci s'en sort miraculeusement et, convaincu que le coup vient des Volfoni, décide d'aller corriger les deux frères. Dans le film, la scène commence par cette réflexion économico-philosophique que tient Raoul à son frère Paul :
« Petit frère, crois-moi, le monde moderne va vers la centralisation ! »
Dans le scénario initial, Fernand arrive furieux sur la péniche, se retrouve nez à nez avec Léon, le gardien, qu'il expédie à nouveau par-dessus bord. Puis il descend les escaliers. Il est plutôt mal habillé, comme quelqu'un qui vient d'échapper de justesse à un assassinat, et ses vêtements abîmés attirent l'attention de la préposée au vestiaire qui (tant pis pour elle) tente de s'interposer. Elle finira dans les manteaux après avoir volé par-dessus le vestiaire. Elle apostrophe alors Fernand en ces termes :
« Monsieur n'est sans doute pas membre du club ? »
Fernand pénètre ensuite dans la salle de jeu. Il se dirige vers le bar et apprend du barman que Monsieur Raoul est en conférence avec « interdiction de le déranger » ! Après ces quelques plans, on retrouve le déroulement connu du film.

Fernand apprend de sa nièce qu'elle a déjà été demandée en mariage

Nous sommes dans l'appartement-atelier d'Antoine Delafoy. Fernand reproche à sa nièce d'être partie sans prévenir. Elle lui reproche d'avoir mis Antoine à la porte. Puis Patricia annonce à son oncle qu'Antoine va l'épouser. Sans doute au fond de lui-même est-il soulagé mais Fernand demande à sa nièce de ne pas s'emballer...
Un certain nombre de répliques présentes dans le scénario initial ne se retrouvent pas dans la version finale, les voici :

Fernand :
Certes, je comprends qu'à dix-sept ans une première demande en mariage...
Patricia *(le coupant gaiement) :*
Alors là, rassure-toi, ce n'est pas la première !
Fernand :
Ah !
Patricia :
Même si j'élimine les bavards et les p'tits futés... je compte trois postulants sérieux !
(Comptant sur trois doigts.)
Le prof d'anglais de mon avant-dernière pension... un maître baigneur, cet été, au Touquet... et, naturellement, mon dentiste.
Fernand *(désarçonné) :*
Ah ! parce que les dentistes...
Patricia :
Toujours, voyons !
Fernand *(résigné) :*
Bon.

Fous rires sur le plateau

Le tournage du film a été d'une drôlerie extrême. Tous les acteurs ou les membres de l'équipe technique rencontrés l'ont confirmé. Souvenir nostalgique ? Peut-être. Mais on peut penser sincèrement que cela a dû être le cas. Guy Azzi, l'administrateur des productions Gaumont, rapporte qu'il ne cessait de rire, au tournage, en projections, durant les travaux de sonorisation, à tel point qu'il fut convoqué par Alain Poiré (qui, tout comme Robert Sussfeld, n'était pas aussi enthousiaste) lui demandant de ne pas en rajouter, que le film n'était pas très drôle.

Beaucoup de gens doivent s'imaginer que le tournage de films comiques est toujours un moment hilarant. C'est bien entendu aussi faux que de croire qu'on a peur sur un tournage de film d'horreur. Mais lorsqu'on interroge Yves Rodallec, le premier assistant opérateur des *Tontons*, il est catégorique. *Les Tontons flingueurs* sont le film sur lequel il s'est le plus bidonné au cours de sa longue carrière. Il en cite un deuxième, *Papy fait de la résistance* de Jean-Marie Poiré, notamment lors du tournage de la scène où Jacques Villeret joue du piano. Dans les *Tontons*, la scène dont il garde un souvenir impérissable est sans conteste celle de la cuisine. Il y avait une telle ambiance et une telle connivence entre l'équipe technique et les acteurs qu'ils ont pu jouer un tour incroyable à Jean Lefebvre (si vous êtes pressé de le découvrir, reportez-vous aux pages consacrées à la mythique scène de la cuisine).

Cette fraternité et cette chaleur, c'est au réalisateur qu'ils la doivent. Georges Lautner a depuis toujours un véritable amour pour ses acteurs. Tous ceux qui ont travaillé avec lui, et à qui il a été d'une fidélité exemplaire, pourront le confirmer. Sa façon de diriger les acteurs est fondée d'abord sur l'écoute de ses comédiens, même des petits rôles. Yves se souvient de remarques de nouvelles recrues dans l'équipe (Robin Davis entre autres) persuadées que Georges dirigeait ses comédiens d'une façon autoritaire et absolue, alors que, pour reprendre l'expression du Breton Rodallec, « il navigue comme un bon skippeur qui dirige son bateau en fonction du vent et des courants ».
Voici également le témoignage de Françoise Hellmann, la script-girl du film, près de quarante années après le tournage des *Tontons* :
« J'ai beaucoup de souvenirs heureux avec cette équipe avec qui j'ai fait mes premiers pas hésitants de script sur un autre film… Je les aime, non parce qu'ils font partie de ma jeunesse mais parce que, sans en être conscients, ils m'ont apporté de l'amitié, de la solidité et que nous faisions une équipe bien soudée… À l'époque, Georges Lautner était un metteur en scène prometteur mais nous ne savions pas que nous étions en train de faire un film culte. C'est drôle, la vie. »

Tournage de l'arrivée de Fernand à la villa du Mexicain.

Une autre anecdote illustre bien l'atmosphère du tournage. Elle concerne une scène de coup de poing de Fernand à Raoul. Entre les prises de vues, les acteurs vont se détendre dans leur loge. Mac Ronay est en train de se reposer lorsqu'il entend du bruit venant des loges voisines. Il sort et voit Ventura et Blier en grande discussion.

Blier : « Je veux une conversation très sérieuse avec toi. »

Ventura, qui connaît son Blier, répond d'un air amusé :

« Qu'est-ce que tu veux, mon p'tit con ?

– D'abord, je ne suis pas petit et je ne suis pas con. Ensuite, pendant la répétition tout à l'heure, tu m'as frôlé avec ton poing. »

Ventura, ne sachant pas trop où l'autre veut en venir, ne dit rien et attend. Mac Ronay observe la scène avec un peu d'inquiétude tant Blier lui paraît en colère. Et là, Blier a cette phrase magnifique. Regardant Ventura, l'ancien champion d'Europe de catch, droit dans les yeux, il lui lance :

« Tu sais, je ne me laisserai pas faire. La prochaine fois, je frappe !... »

Ouf !

La beuverie au vitriol

C'est la scène mythique du film. Et dire qu'Audiard ne l'avait pas mise dans le scénario initial ! Mais Lautner a insisté pour qu'elle y soit. C'était un hommage à *Key Largo*, le grand film noir de John Huston qui comporte une scène dans laquelle des gangsters se remémorent leur jeunesse en buvant.

Pour les *Tontons*, le contexte est le suivant : Fernand Naudin vient de récupérer neuf millions dans le coffre des Volfoni à la suite de la tentative de meurtre dont il a été victime alors qu'il livrait du pastis à Fontainebleau. Il arrive à la villa du Mexicain en pensant enfin se reposer, mais Patricia a réuni « quelques » amis pour une petite sauterie. En fait de « quelques » amis, la maison est envahie par une bande de jeunes… et les vieux sont réfugiés en cuisine, contraints de tartiner des canapés pour cette jeunesse *yé-yé* qui ne pense qu'à s'amuser. Les frères Volfoni arrivent sur les lieux, prêts à régler leurs comptes une bonne fois pour toutes. Tout le monde se retrouve quelques instants plus tard dans la cuisine… Cette scène a été tournée sur trois journées de travail. Albert Kantof, le second assistant réalisateur, se souvient que « les rillettes verdissaient. Il n'aurait pas fallu les manger ».

MARS

L	M	M	J	V	S	D
						1
2	3	4	5	6	7	8
9	10	11	12	13	14	15
16	17	18	19	20	21	22
23	24	25	26	27	28	29
30	31					

VENDREDI 26 AVRIL

MAI

L	M	M	J	V	S	D
		1	2	3	4	5
6	7	8	9	10	11	12
13	14	15	16	17	18	19
20	21	22	23	24	25	26
27	28	29	30			

1963

21 h. cinéma Balzac - Champs-Élysées 4

Dans le film, la scène de la cuisine et la surprise-partie sont concomitantes. Mais le tournage dans la cuisine a été fait indépendamment du tournage de la surprise-partie. La fusion des deux scènes s'est faite au montage. Le tournage a été le suivant :

– Vendredi 26 avril, fin d'après-midi : premiers plans avec Blier et Lefebvre qui arrivent armés pour régler leurs comptes avec Fernand.

Y EN A D'AUTRES QUI COLLECTENT !

MARS

L	M	M	J	V	S	D
						1
2	3	4	5	6	7	8
9	10	11	12	13	14	15
16	17	18	19	20	21	22
23	24	25	26	27	28	29
30	31					

SAMEDI 27 AVRIL

MAI

L	M	M	J	V	S	D
		1	2	3	4	5
6	7	8	9	10	11	12
13	14	15	16	17	18	19
20	21	22	23	24	25	26
27	28	29	30			

1963

ON SE RISQUE SUR LE « BIZARRE ».

– Samedi 27 avril : discussion dans la cuisine entre Fernand, le notaire et les frères Volfoni. C'est à ce moment qu'une gamine éméchée vient réclamer de l'alcool. La journée de tournage se termine par le plan où le notaire débouche la bouteille de whisky.

MARS						
L	M	M	J	V	S	D
						1
2	3	4	5	6	7	8
9	10	11	12	13	14	15
16	17	18	19	20	21	22
23	24	25	26	27	28	29
30	31					

LUNDI 29 AVRIL

MAI						
L	M	M	J	V	S	D
		1	2	3	4	5
6	7	8	9	10	11	12
13	14	15	16	17	18	19
20	21	22	23	24	25	26
27	28	29	30			

1963

21 h. cinéma Balzac - Champs-Élysées 4

– Lundi 29 avril : c'est le tournage de la beuverie au « vitriol », scène d'anthologie !

MARS						
L	M	M	J	V	S	D
						1
2	3	4	5	6	7	8
9	10	11	12	13	14	15
16	17	18	19	20	21	22
23	24	25	26	27	28	29
30	31					

MARDI 30 AVRIL

MAI						
L	M	M	J	V	S	D
		1	2	3	4	5
6	7	8	9	10	11	12
13	14	15	16	17	18	19
20	21	22	23	24	25	26
27	28	29	30			

1963

21 h. cinéma Balzac - Champs-Élysées 4

– Mardi 30 avril, fin du tournage dans la cuisine : Raoul revient des toilettes et se plaint d'Antoine. Fernand décide de mettre tout le monde dehors.

AVRIL						
L	M	M	J	V	S	D
						1
2	3	4	5	6	7	8
9	10	11	12	13	14	15
16	17	18	19	20	21	22
23	24	25	26	27	28	29
30	31					

JEUDI 2 MAI

JUIN						
L	M	M	J	V	S	D
		1	2	3	4	5
6	7	8	9	10	11	12
13	14	15	16	17	18	19
20	21	22	23	24	25	26
27	28	29	30			

1963

21 h. cinéma Balzac - Champs-Élysées 4

Le tournage de la surprise-partie débute le jeudi 2 mai et se termine le samedi 4 mai 1963.

La scène de la cuisine est très découpée. Pour faciliter le jeu des acteurs, Lautner préfère un tournage chronologique des plans et non pas un tournage dans l'axe où l'on tourne tous les plans qui se situent dans le même champ de la caméra, qu'ils soient dans une suite logique ou non. La cuisine est relativement petite (environ 4,5 m par 3,5 m) pour filmer, avec peu d'espace pour les éclairages et autres équipements techniques. Il aurait été impossible d'asseoir tout le monde autour des quatre côtés de la table. Heureusement qu'à l'époque, on ne tournait qu'avec une caméra ! Le confinement fait qu'il n'y a pas tellement de mouvements de caméra type travelling possibles. On joue donc sur les objectifs (18 mm, 24 puis zoom). En règle générale, les courtes focales (24 mm par exemple), qui couvrent plus de 45° d'angle de champ, servent à photographier un plan dans lequel on peut trouver un ou plusieurs personnages. Au contraire, les longues focales ont très peu de profondeur de champ et obligent à se fixer sur une seule personne.

VOS JUS DE FRUITS, VOUS POUVEZ VOUS LES…
Bornéo

100
W.419
100
W.419
100
W.419
67773

VOUS AVEZ RAISON, IL EST CURIEUX !

J'AI CONNU UNE POLONAISE QUI EN PRENAIT AU PETIT DÉJEUNER.

Le plan 453 est la scène la plus célèbre du film. Voici le texte du scénario :

Plan rapproché notaire.
En premier plan, la liasse. La main de la fillette vient vers les billets. Celle du notaire s'abat dessus, tel un piège à loup. L'argent étant le but de sa vie, le notaire est révulsé. On le sent capable de tuer.

Notaire *(hurlant)* :
Touche pas au grisbi, salope !

On sent le notaire près d'éclater. Il se contient avec peine, l'appareil panoramique lentement à gauche et on découvre Raoul et Fernand dans le même état. Il y a certaines choses avec lesquelles il vaut mieux ne pas plaisanter.

Autre scène mythique : la beuverie aux souvenirs. Voici comment elle démarre :

Notaire :
Le tout-venant a été piraté par les mômes... mais on peut se risquer sur le bizarre...

Le notaire sort du placard une énorme bouteille de whisky de la marque The Three Kings (« Les Trois Rois » : carreau, cœur, trèfle). Le principe des cartes à jouer sur l'étiquette était mentionné dans le scénario.

Cette bouteille (ou plutôt ces bouteilles, car, dans le film, les Tontons en ouvriront deux) a été dénichée par Claude Vital, le premier assistant réalisateur, dans une petite épicerie-mercerie de Cressay (Yvelines) qui a disparu aujourd'hui. Dès que Georges Lautner a vu cette bouteille, il savait qu'il l'utiliserait pour la scène de la cuisine. Il suffisait de coller l'étiquette.
Qu'y a-t-il dans « ce bizarre, ce vitriol », ce whisky qui « sans être franchement malhonnête » est « assez curieux » ? De la pomme et même de la betterave, observe Paul avec perspicacité et persévérance. Mais on n'en saura pas plus. Secret de fabrication oblige ! On s'est beaucoup demandé si, pendant le tournage, il n'y avait pas effectivement de l'alcool dans la bouteille.
La réponse à cette question est intéressante : oui et non !

Pendant les répétitions, bien évidemment, il n'y a pas d'alcool dans la bouteille. On conçoit difficilement des acteurs répétant des scènes dans un état d'ébriété avancée. De plus, le tournage de cette séquence était tellement drôle qu'ils n'avaient pas besoin d'alcool pour être gais. Mais, lors du tournage... Cela fait partie des canulars de Blanche. De connivence avec des techniciens, Blanche a préparé un cocktail spécial pour... Lefebvre.

Imaginons la scène. Le notaire vient de chasser la jeune fille éméchée de la cuisine. Tous protestent contre l'état de cette jeunesse : « De l'alcool à cet âge-là ! » Eux, c'est différent. Ce sont des adultes et ils peuvent « peut-être bien s'en faire un p'tit ». Maître Folace a sorti le fameux magnum de whisky. Raoul, Paul, Fernand et maître Folace trinquent et commencent à renifler leur verre, plutôt inquiets. C'est Raoul qui boit le premier : « Faut reconnaître... c'est du brutal ! » Le verre que boit Bernard Blier contient une boisson colorée.
Puis c'est au tour de Jean Lefebvre de boire. Et là, le pauvre Jean avale ce qu'il croit être de l'eau teintée et qui est en fait le cocktail explosif préparé par Blanche. Évidemment il ne dit rien mais, explique-t-il avec humour, « je n'ai pas eu trop de mal à avoir les larmes aux yeux » !

Lorsqu'on interroge Jean sur ce plan où justement on le voit verser des larmes, il dit qu'il n'a jamais eu besoin d'artifices pour pleurer au théâtre ou au cinéma. Il tient sa technique de son ami Jean Gabin, technique fondée sur l'extrême concentration avant la scène. Il n'a donc pas utilisé de larmes artificielles ni autres aides lacrymales. Rien que du vrai !

Y a-t-il eu un deuxième tournage de cette scène ?
« Non, dit-il en riant, j'aurais bien été incapable de boire à nouveau la préparation de Blanche ! »
Quand on demande à Georges Lautner confirmation du canular de Blanche, il répond qu'il n'est pas sûr que Blanche ait fait cela... « C'était peut-être moi !... » dit-il avec un air malicieux.

La surprise-partie

Pendant que les vieux tartinent et boivent à leur jeunesse passée, les jeunes dansent.
Béatrice Delfe, la fille de Mireille de Tissot, la régisseuse des *Tontons*, était l'une des participantes à cette folle soirée. Béatrice a eu la bonne idée, non seulement de consigner ces événements dans son journal personnel, mais surtout de le retrouver, quarante ans plus tard :

2 MAI, JEUDI

Figuration dans le film de Maman Les Tontons flingueurs *dans une villa de Malmaison, avec tous les copains. Une surboum. Tournage sympathique grâce aux copains. Nous avons tous fait les fous...*

3 MAI, VENDREDI

Figuration avec les mêmes. On sympathise tous et l'on s'amuse bien... Il y avait : Lino Ventura, Francis Blanche, Bernard Blier, Claude Rich, adorable avec nous tous qui lui posions des tas de questions, et la charmante petite vedette allemande, Sabine Sinjen, qui est très simple et très sympathique. Si bien que l'ambiance du tournage est de plus en plus sympa. Seul ennui : on ne danse que le twist. Dès qu'on a un instant, on file tous au bar du coin pour se goinfrer de tartes et se détendre en criant. Le soir, folle rentrée sur Paris, à 7 dans la voiture de Marco.

4 MAI, SAMEDI

Figuration. Cette fois, nous étions moins nombreux car il n'y avait que les raccords. Si bien que nous n'avons pas cessé de travailler. Entre les prises, nous allions nous faire dorer au soleil sur les pelouses du parc. J'ai servi d'interprète entre Sabine et le metteur en scène, car elle ne comprenait pas le jeu de scène qu'il voulait lui faire faire, à l'admiration de tous... Le tournage s'est terminé en beauté : pour la prise de son, il fallait des hurlements. Ce qui a provoqué une lutte générale entre nous, danseurs, et la technique. De vrais gosses ! Toute l'équipe technique s'est retrouvée par terre, au milieu de filles en robes de cocktail !

Une anecdote sur ces robes de soirée : le film *Les Tontons flingueurs* est un film en noir et blanc. Or, pour des raisons commerciales, une version colorisée a été faite, il y a quelques années. Il ne s'agit pas, contrairement à *Jour de fête* de Jacques Tati, de la sortie de la version couleur initiale mais plus simplement d'une version colorisée (dans laquelle la couleur est sans grand intérêt !). Mais là n'est pas le plus curieux. En regardant la version colorisée, Béatrice n'a pas reconnu sa robe de cocktail. Elle n'était pas bleue comme celle qu'elle portait effectivement pendant le tournage !...

Dominique Borio, un des figurants, se souvient… il pensait tourner une journée seulement. En fait, il a dû sécher les cours pendant trois jours (il avait 16 ans seulement au moment du film !). *« C'était génial, raconte-t-il. J'étais payé 200 francs par jour quand je ne parlais pas et 400 francs quand je parlais ! »* Lorsque Fernand Naudin revient de l'embuscade au camion piégé, il arrive à la villa et tombe en pleine sauterie. Il est passablement agacé et cherche Jean. Le majordome est en train de servir à boire aux jeunes. Ventura le voit et bouscule un invité pour pouvoir accéder à lui. Dominique Borio était justement le jeune homme malmené. Sa protestation sonore lui a permis de doubler son cachet !…

Le premier spectateur

Chaque soir, à la fin du tournage de la journée, le directeur de la photographie, Maurice Fellous, remettait le film à développer à un étalonneur. Celui-ci ressemblait à Buster Keaton, mais en beaucoup plus triste encore. Il arrivait à chaque fois avec les rushes de la veille et disait à Maurice :

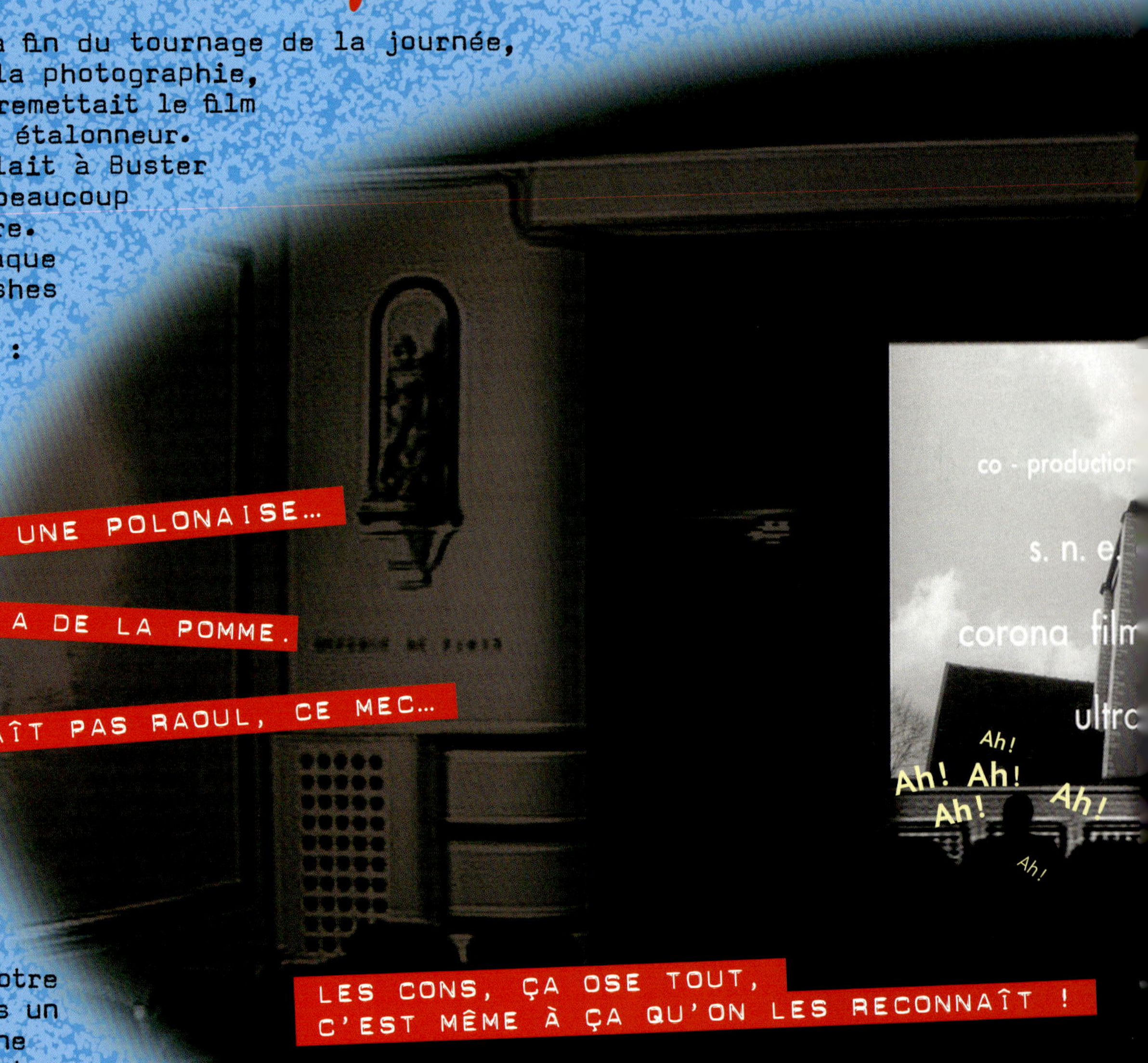

J'AI CONNU UNE POLONAISE…

Y A DE LA POMME.

… MAIS Y CONNAÎT PAS RAOUL, CE MEC…

« Mais qu'est-ce que c'est que ce truc ? On ne comprend rien à votre histoire. » Jamais un sourire, jamais une parole encourageante… Quelques jours avant la sortie officielle du film, quatre personnes, dont notre étalonneur, se retrouvent dans la salle du cinéma *Le Balzac* afin d'effectuer les derniers réglages. La bobine est installée en cabine, le noir se fait, le film commence, et là, notre étalonneur se met à exploser de rire, plié en quatre d'un bout à l'autre de la projection.

LES CONS, ÇA OSE TOUT, C'EST MÊME À ÇA QU'ON LES RECONNAÎT !

Le premier spectateur était conquis…

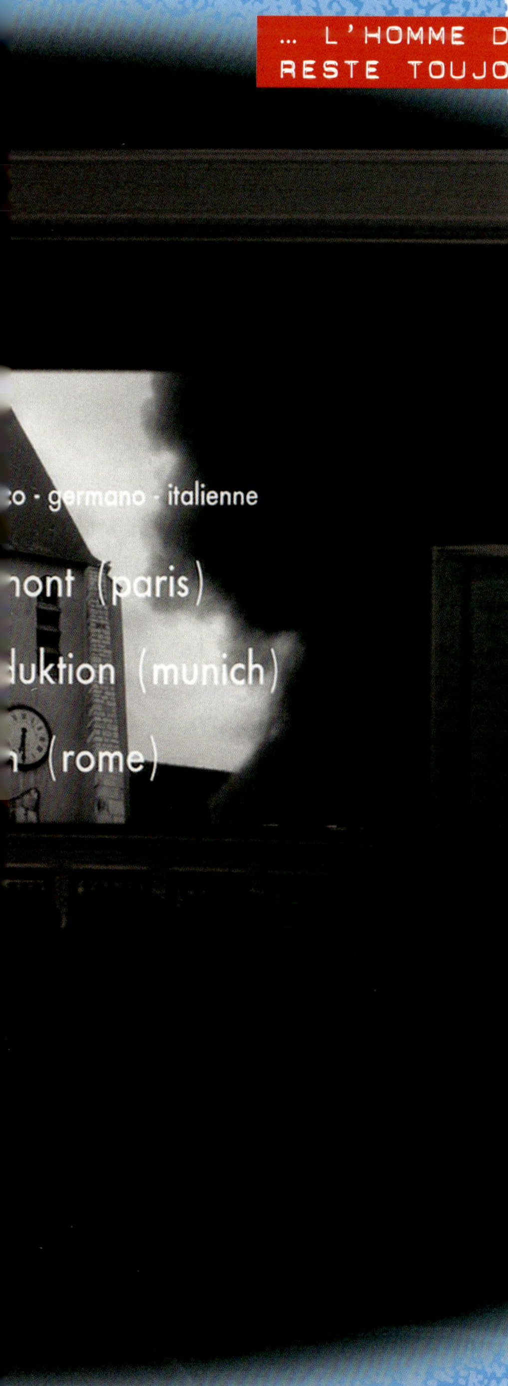

… L'HOMME DE LA PAMPA, PARFOIS RUDE,
RESTE TOUJOURS COURTOIS…

J'VAIS LE TRAVAILLER EN FÉROCITÉ,
L'FAIRE MARCHER À COUPS DE LATTE,
À MA POGNE J'VEUX LE VOIR.

J'VAIS LUI MONTRER QUI C'EST RAOUL.
AUX QUAT'COINS D'PARIS QU'ON VA L'RETROUVER
ÉPARPILLÉ PAR PETITS BOUTS, FAÇON PUZZLE.

ÉCOUTE, ON TE CONNAÎT PAS, MAIS LAISSE-NOUS TE DIRE
QUE TU TE PRÉPARES DES MIGRAINES… DES NERRVOUSSE BRÈQUE-DAUNES.

Bagarres et bourre-pifs

C'EST CURIEUX CHEZ LES MARINS CE BESOIN DE FAIRE DES PHRASES.

Sur la péniche

Les Volfoni, qui n'ont toujours pas digéré la reprise des affaires du Mexicain par Fernand Naudin, ont organisé une « petite réunion des cadres » afin de préparer la riposte. Fernand décide alors d'aller faire une tournée d'inspection, d'autant plus que, depuis deux mois, il y a de la contestation dans l'air. Fernand, accompagné de son garde du corps, Pascal, et du notaire maître Folace, arrive sur le pont de la péniche. Léon monte la garde à l'entrée de la péniche et demande à Pascal qui l'accompagne. Pascal lui répond qu'il est avec maître Folace. Léon lui fait remarquer qu'ils ne sont pas deux mais trois. Pascal lui dit tout naturellement qu'il n'a pas à annoncer le patron. Léon rétorque qu'il doit attendre l'ordre de Monsieur Raoul. Il se saisit d'une énorme clé anglaise et se rapproche de Fernand. Mal lui en prend. D'un coup de poing en pleine figure, Fernand envoie le pauvre Léon à l'eau. C'est alors que maître Folace a cette remarque sublime : « C'est curieux chez les marins ce besoin de faire des phrases. »

Le conseil d'administration

Dans la péniche à l'atmosphère enfumée, Raoul Volfoni complote contre Fernand. « Voilà quinze ans qu'on fait le trottoir pour le Mexicain, j'ai pas l'intention de continuer à tapiner pour son fantôme », annonce-t-il tout de go aux autres. Quelques instants plus tard, le trio Fernand-Pascal-maître Folace frappe à la porte de la péniche. Freddy va ouvrir et est accueilli par un sacré coup de poing de Fernand qui l'envoie au tapis illico. Il passera tout le reste de la réunion complètement groggy, à moitié endormi sur la table de jeu de la péniche.

Fernand se fait expliquer par ses cadres les raisons des retards de paiement. Il écoute les doléances avec amusement et scepticisme puis explique à l'assemblée qu'il a compris leurs problèmes, donne la consigne à Pascal de passer à l'encaissement sous huitaine et prend congé de tous.

Raoul Volfoni se fait charrier par Madame Mado qui l'accuse de ne pas être un vrai chef. Raoul réplique alors son fameux : « Mais y connaît pas Raoul, ce mec ? Y va avoir un réveil pénible, j'ai voulu être diplomate à cause de vous tous, éviter que le sang coule, mais maintenant c'est fini ! J'vais le travailler en férocité, l'faire marcher à coups de latte, à ma pogne j'veux le voir ! Et je vous promets qu'il demandera pardon et au garde-à-vous. » À peine a-t-il prononcé ces mots qu'on frappe à la porte. Raoul va ouvrir et se prend un coup de poing. Fernand avait oublié de lui dire que tous les cadres auront à s'acquitter de 10 % de plus, l'amende pour le retard. Raoul tombe à la renverse, encaisse plus ou moins bien et réplique : « Il a osé me frapper. Il se rend pas compte. »

Vous êtes sur la pente fatale, les gars !

Fernand vient d'échapper au guet-apens tendu par Théo, Vincent et les autres. Le camion transportant le pastis que Fernand devait livrer a été mitraillé et incendié. Il arrive à la péniche des Volfoni qu'il soupçonne d'être à l'origine de l'embrouille du pastis. Raoul est en train d'expliquer à son petit frère que le monde moderne va vers la centralisation. C'est alors que Fernand frappe à la porte… avant de frapper Raoul en pleine face.
Jean Lefebvre se souvient avec amusement du tournage de cette scène. Juste avant, Lino Ventura lui avait dit : « Tu vas voir, je vais lui donner une vraie gifle et il va aller valser de l'autre côté de la pièce. »
Plan 409 : plan rapproché de Raoul à la porte. Moteur ! Raoul Volfoni ouvre la porte, et là, eh oui ! une vraie baffe qui surprend évidemment Blier et qui fait rire intérieurement son frère Paul !

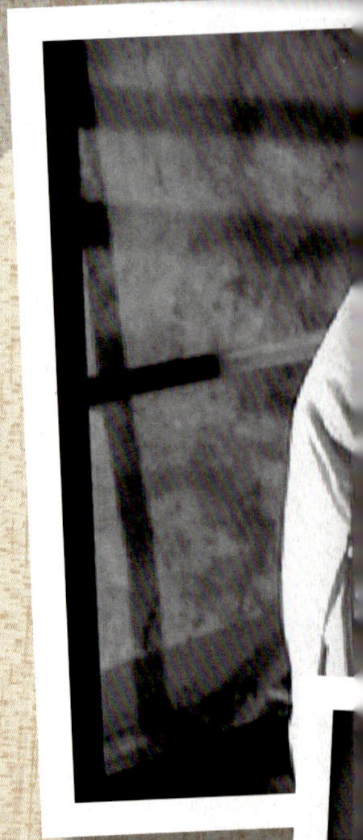

Happy birthday !

Après l'épisode de la cuisine, la scène de la dînette comme l'appelle Lautner, l'évocation des souvenirs de jeunesse et la réconciliation type « paix des braves », Fernand est réveillé le jour de son anniversaire par Jean le majordome, maître Folace, le notaire, et Patricia, sa nièce. Tous lui offrent de beaux cadeaux et Patricia lui remet un paquet expédié par les Volfoni. « C'est sûrement une pendule, dit Patricia, écoute. » Fernand porte le paquet à son oreille et, entendant un tic-tac familier, il comprend aussitôt qu'il s'agit d'une bombe. Il jette le paquet par la fenêtre et, effectivement, la bombe explose presque instantanément.
Fernand se rend chez les Volfoni, à la péniche. Il frappe à la porte et, quand Raoul lui ouvre, commence à chanter *Happy birthday to you*. Raoul qui ne comprend rien le regarde d'un air ahuri, le sourire benêt. Fernand termine la chanson en décochant une droite magistrale à Raoul qui va valser au fond du bureau. Son frère Paul s'approche de lui et tente de lui apporter quelque réconfort. La réplique de Raoul est l'une des plus drôles du film :

« Non, mais t'as déjà vu ça ? En pleine paix, il chante, et puis crac, un bourre-pif ! Il est complètement fou, ce mec. Mais moi, les dingues, je les soigne. J'vais lui faire une ordonnance et une sévère… J'vais lui montrer qui c'est Raoul. Aux quat'coins d'Paris qu'on va l'retrouver éparpillé par petits bouts, façon puzzle. Moi, quand on m'en fait trop, j'correctionne plus, j'dynamite, j'disperse, j'ventile. »

À la distillerie

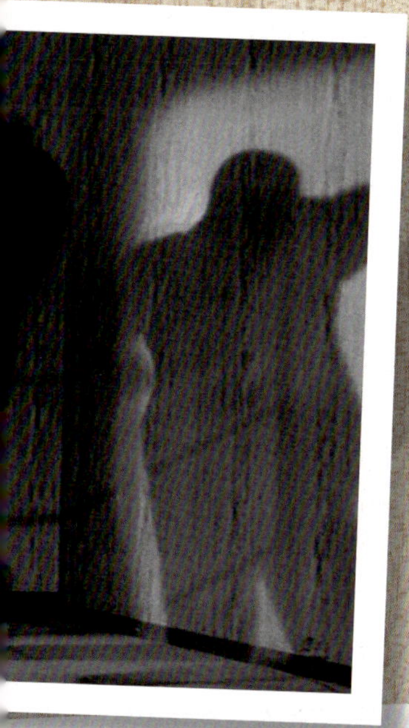

« Y a du nouveau : Théo est réapparu, il est à la distillerie avec tout son petit monde. » Alors qu'on est en pleins préparatifs du mariage de Patricia et d'Antoine, c'est par ces mots que maître Folace annonce à Fernand que Théo, Vincent et Freddy démontent le matériel de la distillerie et se préparent visiblement à partir. Pascal, Fernand et Bastien arrivent à la distillerie à point nommé. Pascal et Bastien réussissent, en faisant exploser des jerrycans d'essence, à se débarrasser de Vincent. Freddy se retrouve très vite face à Fernand. Il frappe Fernand au visage. Il l'agrippe ensuite par les épaules et lui déchire sa belle chemise blanche de cérémonie. Il tente de lui écraser la figure avec la main. Fernand arrive à se défaire de son emprise et riposte d'un coup de poing en pleine tête. Freddy va valser dans une barrière en bois qu'il défonce en tombant à la renverse. Fernand le relève et lui décoche un crochet du droit qui l'expédie au travers d'une cloison de l'usine. Freddy se retrouve à terre mais il est plus rapide que Fernand et, au moment où ce dernier veut lui sauter dessus, Freddy l'accueille d'un crochet du droit. Déséquilibré, Fernand parvient à riposter au ventre et à la tête. Un uppercut projette Freddy au travers du mur de briques de la distillerie. Freddy fait alors une chute de plusieurs mètres qui lui sera fatale.

tiii diguediguedi didi

Un catcheur maître d'œuvre

Toutes les bagarres des *Tontons* sont orchestrées magistralement par un expert : Henri Cogan (Freddy).

Très jeune, Henri se passionne pour le sport en général, le football, la lutte et le catch en particulier. L'adolescent est visiblement très doué, et à 16 ans, il est champion de lutte gréco-romaine. Kinésithérapeute et éducateur physique au stade Jean-Bouin, Henri Cogan fait de la compétition de haut niveau.
En 1944, il pratiquera le vélo-taxi avec un copain pour survivre. Il se souvient d'un jour où il transportait deux officiers allemands à bord de son vélo-taxi. En plus des deux soldats, se trouvaient également, sous le siège, quinze kilos de journaux clandestins *(Franc-Tireur, Combat, Libération,* etc.*)* qu'il livrait pour le compte de la Résistance. Pendant cette triste période, Cogan continue à s'entraîner à la lutte avec deux amis de longue date : Gilbert Leduc et un ami italien, Lino Ventura. Et où s'entraînent-ils ? Dans le gymnase utilisé par l'armée allemande !

Le champion de France de catch Cogan (à droite) en combat.

Les deux copains Ventura et Cogan dans une lutte sans merci.

Une grande amitié existait entre Ventura et Cogan. Henri avait pris une fausse identité et s'était fait domicilier à Lorient pour échapper au Service du travail obligatoire. Lino, appelé par l'armée mussolinienne au printemps 1942, avait déserté en septembre 1943, peu de temps après l'arrestation de Mussolini par Victor-Emmanuel III.
Après la guerre, Cogan reprend la compétition sportive, passant de la lutte au catch, nouvelle discipline professionnelle. Il devient champion de France et fait des tournées un peu partout en France et à l'étranger en compagnie de ses amis catcheurs Leduc et Ventura.
Lino est un excellent catcheur et il est sacré champion d'Europe en février 1950.
Mais quelques semaines plus tard, les larmes remplaceront les rires et la joie.

Henri Cogan, l'expert des bagarres.

Freddy va défendre sa peau.

Nous sommes le vendredi 31 mars 1950 à Paris. Le Cirque d'hiver a programmé une affiche de rêve : le champion d'Europe nouvellement titré Lino Ventura opposé à Henri Cogan. En exécutant une prise appelée *body slam* ou enfourchement (prise de l'adversaire entre les jambes, soulèvement et projection au sol), Henri soulève Lino au-dessus de sa tête et le projette au tapis. Mais au lieu de tomber de côté comme à l'habitude ou de se réceptionner sur le dos pour amortir sa chute, Lino tombe de tout son poids sur sa jambe. Tibia et péroné sont en morceaux. Ce match signe le coup d'arrêt définitif pour la carrière de catcheur de Lino.

Treize ans après, Henri et Lino se retrouvent à nouveau face à face, mais dans un film cette fois-ci. Pendant la bagarre dans la distillerie, Lino contrôle mal un coup de poing et frappe réellement Henri.

« Tiens, la belle bleue est arrivée, dit Henri.

– C'est pour ma jambe ! » répond Lino.

Lino en catcheur (photo donnée à son ami Henri Cogan).

On a beau visionner et visionner encore la scène de la distillerie, on n'entend pas ces dialogues. Dommage ! Pour mettre en scène les bagarres, Henri Cogan met au point une méthode inspirée des films américains. Il dessine de petits croquis (un peu comme des dessins animés, dit-il) précisant où les acteurs doivent se tenir, quels mouvements ils doivent faire et où il faut placer les caméras au moment des séquences. Cogan et Lautner travailleront ensemble longtemps. Henri participera à pratiquement tous ses films où une scène de bagarre était prévue.

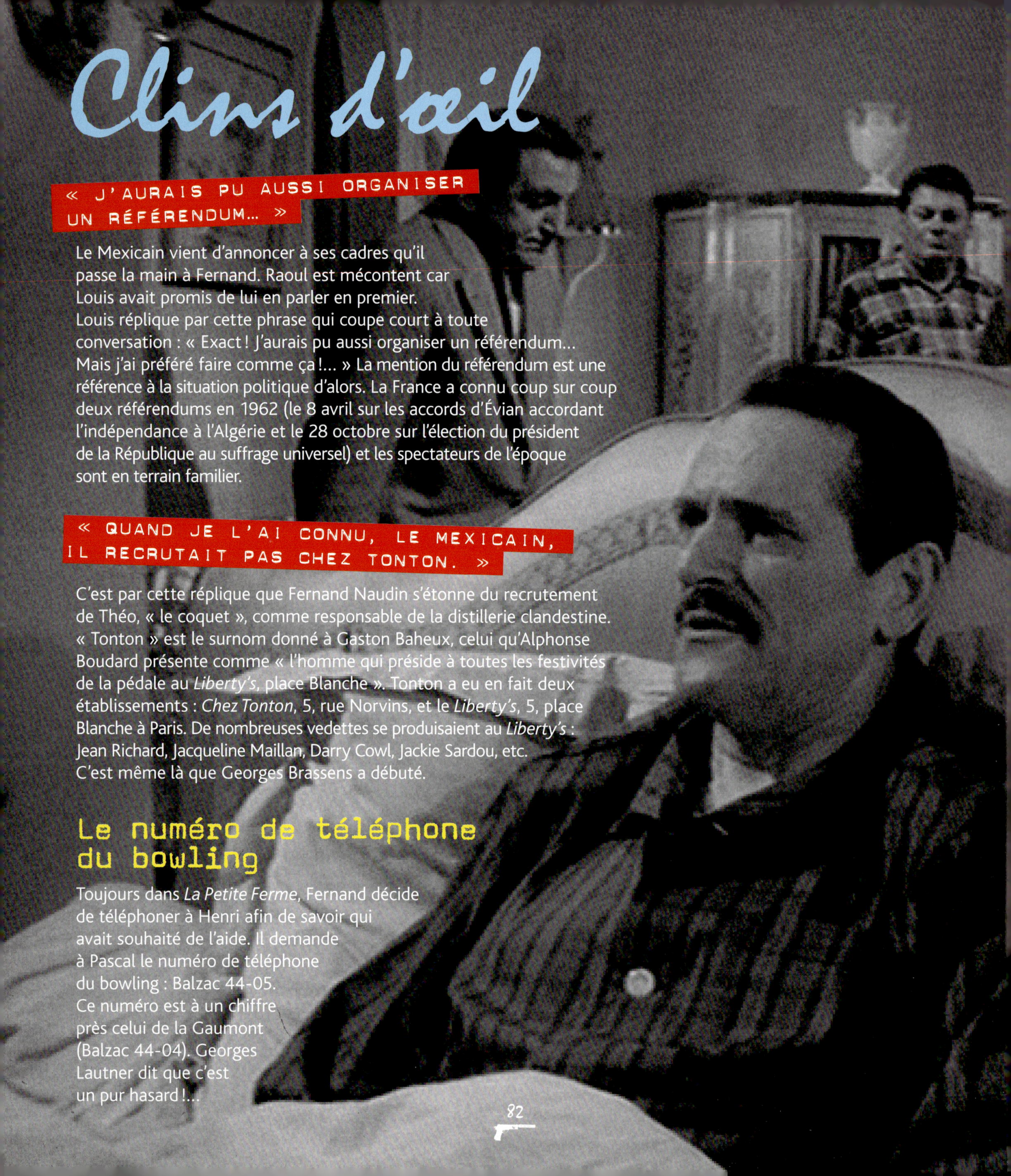

Clins d'œil

« J'aurais pu aussi organiser un référendum... »

Le Mexicain vient d'annoncer à ses cadres qu'il passe la main à Fernand. Raoul est mécontent car Louis avait promis de lui en parler en premier. Louis réplique par cette phrase qui coupe court à toute conversation : « Exact ! J'aurais pu aussi organiser un référendum... Mais j'ai préféré faire comme ça !... » La mention du référendum est une référence à la situation politique d'alors. La France a connu coup sur coup deux référendums en 1962 (le 8 avril sur les accords d'Évian accordant l'indépendance à l'Algérie et le 28 octobre sur l'élection du président de la République au suffrage universel) et les spectateurs de l'époque sont en terrain familier.

« Quand je l'ai connu, le Mexicain, il recrutait pas chez Tonton. »

C'est par cette réplique que Fernand Naudin s'étonne du recrutement de Théo, « le coquet », comme responsable de la distillerie clandestine. « Tonton » est le surnom donné à Gaston Baheux, celui qu'Alphonse Boudard présente comme « l'homme qui préside à toutes les festivités de la pédale au *Liberty's*, place Blanche ». Tonton a eu en fait deux établissements : *Chez Tonton*, 5, rue Norvins, et le *Liberty's*, 5, place Blanche à Paris. De nombreuses vedettes se produisaient au *Liberty's* : Jean Richard, Jacqueline Maillan, Darry Cowl, Jackie Sardou, etc. C'est même là que Georges Brassens a débuté.

Le numéro de téléphone du bowling

Toujours dans *La Petite Ferme*, Fernand décide de téléphoner à Henri afin de savoir qui avait souhaité de l'aide. Il demande à Pascal le numéro de téléphone du bowling : Balzac 44-05. Ce numéro est à un chiffre près celui de la Gaumont (Balzac 44-04). Georges Lautner dit que c'est un pur hasard !...

Pascal joue avec un dé

Fernand a échappé de justesse, grâce à Pascal, à une fusillade.
Ils pénètrent dans *La Petite Ferme* et découvrent Tomate. Pascal est au bar et joue machinalement avec un dé qu'il lance en l'air et rattrape dans sa main, plusieurs fois de suite.
Ce geste évoque celui de George Raft, le lieutenant de Paul Muni dans *Scarface* (de Howard Hawks, 1932). Ce chef-d'œuvre de Hawks s'inspire de l'histoire d'Al Capone et retrace l'ascension puis la chute de Tony Camonte (interprété par Paul Muni), truand brutal et cruel qui cherche à contrôler la distribution de la bière à Chicago pendant la Prohibition. Dans le film, Guino Rinaldo, interprété par George Raft, a un tic particulier : il passe son temps à jouer avec une pièce de monnaie. Même au moment où il meurt, tué par deux coups de feu, on le voit en train de lancer sa pièce.
Ce clin d'œil des *Tontons* à Hawks ne figurait pas dans le scénario initial. Cela est venu machinalement à Venantino pendant le tournage et Lautner a gardé l'idée.

Pascal jouant avec un dé.

L'Homme du xxe siècle

Tout le monde est là dans la péniche Volfoni pour un conseil d'administration visiblement extraordinaire. Madame Mado, la patronne de la maison des filles, est en train d'expliquer à Fernand les raisons du marasme de son secteur : « Au lieu de descendre maintenant après le dîner, [le client] reste devant sa télé, pour voir si par hasard il serait pas un peu l'homme du xxe siècle. » *L'Homme du xxe siècle* est un jeu animé par Pierre Sabbagh qui fait fureur à la télévision dans les années 1960. Il met à l'épreuve trois candidats spécialisés chacun dans un domaine précis : art, littérature, histoire ou sciences. Les connaissances cumulées de ces candidats correspondent à ce que devrait savoir l'homme moderne idéal, l'homme du xxe siècle.

Gabin, truand de luxe, a un pyjama en soie. Ventura, truand d'en bas, doit se contenter d'un tissu plus modeste.

Touchez pas au grisbi !

Il y a au moins deux clins d'œil au film *Touchez pas au grisbi* (film réalisé en 1954 par Jacques Becker d'après le premier roman noir d'Albert Simonin).
Le premier clin d'œil est la réplique du notaire maître Folace à la gamine éméchée qui vient réclamer de l'alcool dans la cuisine pendant que les Tontons sont réunis pour discuter affaires : « Touche pas au grisbi, salope ! » Le deuxième est d'une tout autre nature. Il s'agit du pyjama à rayures que porte Lino Ventura dans les *Tontons*.
Il est identique à celui de Gabin dans *Touchez pas au grisbi*.

Un passant (Paul Meurisse) salue Fernand devant l'église du mariage.

La clinique Dugoineau

C'est de là que sortent les frères Volfoni, un peu à la manière de Laurel et Hardy, après s'être fait rosser par Fernand Naudin. Le nom de Dugoineau est un nom prisé par Lautner, un nom propre qui circule de film en film comme celui de Michalon. L'un des personnages de *L'Œil du Monocle* (1962) s'appelle Bob Dugoinneau (interprété par Raymond Meunier) et Michel Galabru est Émile Dugaineau dans *Est-ce bien raisonnable ?*

Le Monocle passe dans la rue

Paul Meurisse est Théobald Dromard alias *le Monocle* dans les trois films de Lautner : *Le Monocle noir* (1961), *L'Œil du Monocle* (1962) et *Le Monocle rit jaune* (1964). Ces films ont été des succès populaires et, en 1963, l'apparition de Meurisse en Monocle dans les *Tontons* a quelque chose de décalé et de comique, comme s'il s'était trompé de film. Le salut de Meurisse à Ventura et le regard interrogateur que ce dernier lance à Dalban (qui joue « Poussin », l'homme de main de Meurisse, dans *L'Œil du Monocle*) sont savoureux. Ventura lui rendra ce clin d'œil en faisant une apparition (il est le client d'Élie) dans le dernier *Monocle (Le Monocle rit jaune)*.

Les voitures des Tontons

La 404 noire de Fernand Naudin

Lorsque Peugeot présente la 404 à la presse, le 9 mai 1960, son esthétique suscite de nombreux éloges. Le designer italien Pininfarina, à qui l'on doit déjà la 403, a dessiné cette ligne faite d'arêtes vives si caractéristiques, avec un moteur incliné à 45° afin d'abaisser le capot. Le succès de la 404 est immédiat et plus de 10 000 exemplaires sortent des usines de Sochaux pendant l'été 1960. C'est la seule voiture à être mentionnée explicitement dans le scénario. On la voit dès la première scène : elle va accompagner Fernand de Montauban à Paris et tout au long du film.

LA 404

LA RÉGENCE

La Régence de Pascal

Pascal, le fidèle du Mexicain devenu le garde du corps de Fernand, roule en Régence, une voiture de la Société industrielle de mécanique et de carrosserie automobile (Simca). Et en plus, il ne roule pas n'importe où en Régence puisque la scène est filmée à... Versailles ! Venantino qui conduisait se souvient d'une voiture blanche avec un toit bleu.

La Buick Eight des tueurs

Regardez cette voiture. Une vraie voiture de tueurs !
Dans le scénario, la voiture des tueurs était prévue comme « une voiture berline style Versailles ». Et pourtant, pour jouer les vrais méchants, on a pris une américaine.
Faut-il voir dans cette voiture un pied de nez aux Américains ? Dans les années 50, la France (et l'Europe en général) est très admirative de l'Amérique. Au début de la décennie 1960, le regard vis-à-vis des États-Unis a quelque peu changé. On passe du film de cow-boys et de gangsters de facture très classique à un film comme les *Tontons*, réponse gauloise, ironique et décalée aux films policiers américains. Aux beaux et jeunes truands *made in USA*, on répond par de bons vieux et grassouillets Tontons flingueurs qui se saoulent au « bizarre » et font du trafic de faux pastis. Et pour les voitures, alors que les horribles ont une Buick, nos Tontons ont des voitures bien de chez nous !...

LA BUICK EIGHT

La DS de Théo

En 1955, Citroën frappe un grand coup avec la sortie de la DS 19. Les journalistes la comparent à une soucoupe volante. C'est le succès instantané et plus de 12 000 commandes sont passées dès le premier jour.

Une 2CV dans le jardin

C'est un jardin à la française que nous propose Lautner. Les véhicules des familiers de *La Petite Ferme* dont le gérant est Tomate, sont tous des voitures fabriquées dans l'Hexagone : 2 CV, Régence, 403, Dauphine. Une mention particulière pour la 2 CV derrière laquelle Pascal se cache pour contrer l'attaque des tueurs à la Buick : il s'agit du véhicule personnel d'Yves Rodallec, le premier assistant opérateur des *Tontons*. La 2 CV d'Yves est bleue. C'est l'une des premières de cette couleur. Yves l'a achetée 4 840 francs en 1961 quand Citroën sortait cette deuxième couleur, le bleu glacier, pour compléter le modèle AZ gris lumineux !

Les voitures des jeunes

À côté des voitures des Tontons, la jeunesse dorée invitée à la sauterie de Patricia roule en grand luxe dans des voitures de sport anglaises et de belles américaines.

Par exemple : l'Austin Healey 100 (« 100 » pour 100 miles à l'heure, c'est-à-dire 160 km/h), la Chevrolet Corvette. Cette jeunesse à papa a franchement de quoi énerver tonton Fernand.

Les Tontons et leurs flingues

Embuscade à *La Petite Ferme*

C'est avec un Mauser 96 (un silencieux) que Pascal se défend et châtie l'ennemi ! Le tueur à la Buick noire avait pourtant un pistolet mitrailleur PPSh-41 soviétique (calibre 7,62 mm, balles de 5,6 g, vitesse de tir 550 m/s).

L'énigme du Beretta

Lors du « conseil d'administration », Pascal parle à son cousin Bastien du dernier de chez Beretta, mais le pistolet qu'il tient en main n'est pas un Beretta ! Qu'est-ce que c'est ? Sans doute un pistolet tchèque ou hongrois. Cela restera une énigme...

Embuscade au camion piégé

Le fusil mitrailleur qui sert à l'embuscade contre Fernand est un Maschinengewehr 42, MG42, de fabrication allemande Mauser (calibre 7,92 mm, longueur 1,22 m, longueur du canon 533 mm, poids 11,5 kg, vitesse 755 m/s, cadence de tir 1 550 coups/minute, bande de 50 coups). Cette arme équipait la *Wehrmacht* au cours de la Seconde Guerre mondiale et Théo a l'air de l'utiliser avec une certaine nostalgie !...

Dans la cuisine...

Jean, le majordome stylé, porte bien le Colt 45.

L'attaque de la résidence par Théo et sa bande

Théo attaque avec un Lüger P08 9 mm, long, version artillerie (modèle 1914). Il est très difficile d'identifier parfaitement ces armes. Celle de Ventura est assurément un Colt 45 et celle de Blanche un Smith & Wesson. Quant aux autres ?... Même Cogan a l'air de se demander avec quoi il tire ! Si l'on observe bien l'arme de Blanche, on s'aperçoit qu'il s'agit d'un revolver à barillet. L'énorme silencieux ne sert alors à rien ! Les silencieux (en tout cas dans leur fonction de diminution du bruit) n'ont d'utilité que pour des pistolets automatiques ou semi-automatiques. Mais maître Folace se devait d'en avoir un aussi gros que les autres...

La scène est tournée dans le parc de la villa de Rueil-Malmaison. Les coups de feu « silencieux » sont le fruit de nombreux essais. En fait, tout a démarré en Corse lors du tournage de *L'Œil du Monocle* (1962). Il y avait une bataille sous l'eau avec des fusils sous-marins et Lautner a eu l'idée de reprendre cette technique pour les *Tontons*. Mais plusieurs accessoires ont été utilisés : du pistolet à bouchons aux balles de ping-pong lancées par des systèmes à air comprimé en passant par de simples bruits de bouche.

L'attaque de la distillerie

Comme le dit Pascal à son cousin Bastien, ce dernier a gardé son côté maquisard. L'arme qu'il utilise est un MP 35 Bergmann, calibre 9 mm Parabellum, à chargeur rectiligne 35 coups et sélecteur permettant soit le coup par coup, soit le tir en rafales. Il s'agit du modèle amélioré du MP 18 de Hugo Schmeisser. Il est probable que Théo utilise une arme identique dans son attaque en DS contre les Volfoni ou dans sa tentative de massacre à l'église.

co - produc ranco -
s. n. e. gaumont
corona filmprodukti
ultra film (r

Puisqu'il faut bien se quitter…

Alors que je travaillais à ce livre, je surpris une conversation entre mes deux voisins de RER. C'était le soir, à une heure où les épreuves et les soucis accumulés au cours de la journée conduisent malheureusement l'être humain à des sentiments peu charitables à l'égard de ses congénères.

Les deux hommes parlaient d'un collègue de bureau ou en tout cas d'une connaissance commune qui avait dû faire preuve d'une attitude curieuse le matin même et méritait assurément la désapprobation collégiale de tout le wagon, vu le niveau sonore de leurs échanges :

– Alors, tu te rends compte de ce qu'il voulait faire ?

– Non, pas ça ?

– Si, j'te dis !

– Mais il est complètement con, ce type !

Et là, l'estocade finale :

– Qu'est-ce que tu veux ? Les cons, ça ose tout !

Je dois avouer que je n'attachais aucune importance à leur discussion avant cette chute fabuleuse. Quelques instants plus tôt, ces deux compères m'insupportaient en parlant si fort et en m'empêchant de me concentrer. Et là, tout à coup, la réplique savoureuse qui fait voir le monde autrement et vous donne envie d'embrasser vos compagnons d'infortune entassés comme vous dans ce compartiment surchauffé.

Évidemment, je n'ai pu me retenir de compléter cette réplique de Fernand Naudin (au moment où maître Folace se demande si les Volfoni vont oser venir à la résidence du Mexicain) : « C'est même à ça qu'on les reconnaît », en lançant un clin d'œil complice à l'homme qui savait.

Un sourire illumina son visage, et nous terminâmes notre voyage d'humeur joyeuse.

Voilà sans aucun doute un des nombreux neveux des *Tontons flingueurs*. Les neveux ont cette caractéristique qu'ils n'ont pas d'âge déterminé, qu'ils ne se recrutent dans aucun milieu socioprofessionnel particulier et qu'ils ne résident pas plus à Montauban qu'ailleurs.

C'est à tous ces neveux que je dédie ce livre. J'espère qu'ils auront pris autant de plaisir à le lire que j'en ai eu à l'écrire.

Pour en savoir plus...

Les ouvrages:

Michel Audiard, *Audiard par Audiard*, Éditions René Château, 1995.

Olivier Barrot et Raymond Chirat, *Noir et blanc, 250 acteurs du cinéma français 1930-1960*, Flammarion, 2000.

Pierre Bertin, *Le théâtre est (et) ma vie*, Le Bélier, 1971.

Jean-Luc Denat et Pierre Guingamp, *Des Tontons flingueurs et des barbouzes*, Éditions Jean-Jacques Pauvert et Le Terrain Vague, 1993.

Gilbert Durieux, *Lino Ventura*, Flammarion, 2001.

Alain Lacombe et François Porcile, *Les Musiques du cinéma français*, Bordas, 1995.

Agnès Lamoureux : « Jacques Dumesnil à cheval », *La Revue des Deux Mondes*, n° 24, 15 décembre 1962.

Georges Lautner, *Foutu fourbi, entretiens avec José-Louis Bocquet*, Source Publishing – La Sirène, octobre 2000.

Pierre Mac Orlan, préface de *Touchez pas au grisbi*, Gallimard, « Série noire », 1953.

Michel Magne, *L'Amour de vivre*, Éditions A. Lefeuvre, Nice, 1980.

Alain Poiré, *Mes 200 films au soleil*, Ramsay, 1988.

Albert Simonin, *Grisbi or not grisbi*, Gallimard, « Série noire », n° 260, 1955.

Odette Ventura, *Lino*, Robert Laffont, 1992.

Claude Villers, *Francis Blanche, le tonton flingué*, Denoël, 2000.

Les articles de presse

consacrés aux *Tontons Flingueurs* publiés au moment de la sortie en 1963 :

1) *Le Figaro*, 28 novembre 1963
2) *L'Aurore*, 28 novembre 1963
3) *Combat*, 28 novembre 1963
4) *Tribune socialiste*, 29 novembre 1963
5) *Le Monde*, 30 novembre 1963
6) *Libération*, 30 novembre 1963
7) *Le Canard enchaîné*, 4 décembre 1963
8) *Les Lettres françaises*, 5 décembre 1963
9) *Télérama*, 15 décembre 1963
10) *La Croix*, 17 décembre 1963
11) *Le Parisien libéré*, 18 décembre 1963
12) *Éducation nationale*, 1er janvier 1964
13) *Cinéma 64*, n° 82, janvier 1964
14) *Cahiers du cinéma*, n° 152, février 1964
15) *Cinéma 64*, n° 88, juillet-août 1964

Et sur le Net

http://lesflingueurs.free.fr/

www.audiard.net/tontons.html

http://dpallois.club.fr/les_tontons.html

www.michelaudiard.com/dialogues/dialoguesLestontons.htm

http://tontonsflingueurs.neuf.fr/

http://tontonsflingueurs.actifforum.com/les-films-f1/les-tontons-flingueurs-t6.htm

Un site dédié à Michel Magne :
http://perso.club-internet.fr/fernould/magne.html; Franck Ernould

Crédits photographiques :
Tous les photogrammes du film et les documents fac-similés font partie de la collection Gaumont ainsi que les photos des pages 29 et 84 haut.
Jean-Étienne Siry, *Les Tontons flingueurs*, 1963, © Adagp, Paris 2009, p. 40.
© Rue des archives, p. 20 haut et p. 21 bas.
Collection Henri Cogan p. 80 haut et bas, 81.
Collection Maurice Fellous p. 42.
Collection Pierre-Jean Lancry p. 61.
Collection Georges Nojaroff p. 32, 34, 36, 67, 93 haut, milieu et bas.
Collection Georges Pastier p. 37 haut et bas.
Collection Yves Rodallec p. 62.
Collection Marie-Hélène Simonin p. 35.

Ventura et Nojaroff contemplent le beau jeu de Marcel Bernier.

Lino Ventura, Marcel Bernier, Georges Nojaroff, Bernard Blier et Paul Mercey en pleine concentration…

À gauche de Georges Nojaroff de profil, le décorateur du film, Jean Mandaroux.

300, rue Léon-Joulin, 31101 Toulouse Cedex 9 - France.

Dépôt légal : 3e trimestre 2012
ISBN : 978-2-7459-4094-0
Imprimé en Chine.

CINEMA MA
CETTE
LES TONTONS